KB266851

겪어야 했던 모든 일이 감사한 날로 돌아올 거야

겪어야 했던 모든 일이 감사한 날로 돌아올 거야

유안 지음

마음세상

프롤로그

주변 사람이 인간관계에 반복적으로 힘들어하거나, 행복할 날을 위해 원하는 목표를 열심히 찾아가는 모습을 보면, 어려운 시기를 겪느라 주변을 보지 못하고 애쓰던 과거의 저를 떠올리게 됩니다.

조급해도 차근차근히 해도 괜찮고 분명 잘될 수 있다는 사실을 알려주고 싶지만 모든 게 그저 잘 먹고 잘 살기 위해서 내가 행복하기 위해서 시작된 일이라는 걸 알게 해 줄 뿐입니다.

세상에 혼자인 것 같을 땐 소중함이 늘 곁에 있을 것이며 태어나줘서 고맙다는 말을 꼭 전하고 싶었습니다. 어려운 일은 순식간에 지나가고 행복한 일들만 가득하면 얼마나 좋을까요. 우리가 살다 보면 원치 않던 어려운 일들을 겪게 되면서 어떻게 나에게 이런 일이 생길 수가 있는 건지 내가 잘하고 있는 게 맞는지 복잡한 문제를 맞닥뜨리게 됩니다.

어른이 되어가면서 알아야 할 것과 배워야 할 것들이 너무 많다 보니 때로는 너무 지쳐서 다 놓고 싶은 마음이 들 때도 있습니다. 그러다 보면 우리는 그리워하게 합니다. 행복했던 때를 그리워하고 행복할 날을 꿈꾸게 됩니다. 그래서 행복해질 미래나 걱정 하나 없이 놀이터에서 놀던 어린 시절이 그리워지기도 합니다.

우리는 행복을 다시 찾기 위해 무언가를 목표하거나 회피하면서 살아갑니다. 저 또한 무언가를 이루기 위해 여러 가지 성취, 경험, 배움처럼 끝없이 저를 채우려고 했고, 힘든 감정과 생각을 잘 다루기 위해 많은 책을 읽거나 멀리 떠나가기도 했습니다. 행복해질 미래만을 꿈꾸면서 말이죠. 그러다 채우려는 행복은 가져봤자 일시적이라는 것을 알게 되었습니다. 반대로 마음을 비웠을 때 그 자리에 진짜 행복이 들어설 수 있다는 사실을 알게 된 적도 있습니다.

마음을 비우기 위해서 나를 마주하게 됩니다. 그래서 많은 사람들이 다 내려놓고 여행을 가거나 일상에서 책을 통해 마음을 비워내기도 합니다. 저 역시 같은 과정을 지나 보내면서 어려운 과정을 통해 끝나지 않을 것 같은 터널 같은 고통 속에서 마침내 산소 호흡기 같은 밝은 길을 보게 되었습니다.

지금 과거의 저처럼 모호한 기분이 드는 시기라면 제가 찾게 된 선명한 마음을 당신에게 다시 전해질 수 있으면 좋겠습니다. 이 책을 통해 그동안 고생 많았을 자신과 편안하게 마주할 수 있게 되고 원래 내가 가지고 있던 선한 가치를 알게 되길 바랍니다.

원래 행복해도 되는 당신을 되찾는 여정을 돕고 그동안 겪어야 했던 그 모든 일들이 감사한 날들로 꼭 돌아오기를 바라는 마음입니다.

차례

제1부
나에게 힘든 건 애쓰지 않고 놓아주기

지나가는 기분에 속지 않는 방법

타인으로 인해 내 기분이 좋지 않거나 컨디션이 나빠서 기분이 좋지 않은 날이 있다. 이런 상황에서 '기분이 태도가 되지 말자' 라는 문장이 공감이 되기도 한다. 기분이 안 좋으면 주변에 예민하게 반응하는 것처럼 감정 조절이 힘들어진다. 나 또한 과거에는 안 좋은 기분이 심할 땐 모든 게 극단적으로 보였다.

기분에 계속 휩쓸리다가 보면 문득 내가 갈수록 힘

들어진다는 사실을 인지하게 된다. '이런 기분은 어디서 시작된 걸까'라는 의문과 기분이 좋지 않은 날에는 부정적인 생각들이 계속 떠드는 것처럼 부정이 부정을 다시 대물림된다는 사실을 발견한다. 그래서 틈틈이 상황을 인지하고 감정을 보내는 연습을 해야 했다.

기분이 안 좋은 날에는 부정적인 생각과 나쁜 감정들을 흘려보내는 연습을 거듭하다 보니 이제는 기분에 많이 휘둘리지 않게 되었다. 처음에는 부정적인 생각에 휘둘리다가도 문득 지금 내가 어떤 기분을 만드는지 알아차리면 기분을 구름처럼 지나보낼 수 있었다. 절대 지금 이 기분에 속지 않는 것이다. 몸과 마음이 많이 지쳐서 기분이 안 좋은 상태라면 휴식을 취하는 것도 컨디션을 조절하는 데에 큰 도움이 된다.

사실 좋거나 나쁜 건 없다. 일어난 상황에 대한 생각

이 그렇게 만들 뿐이다. 외부에서 나에게 쏜 화살은 오더라도 내가 나에게 쏘는 두 번째 화살을 그 자리에서 끝낼 수 있는 것처럼 괴로운 마음도 멈출 수 있다.

우리는 무언가를 이루었을 때 행복한 기분을 느낀다. 그러나 그 행복한 기분은 오래가지 못하고 새로운 날에서 당연한 일상으로 서서히 흐려진다. 또 다른 불만스러운 기분이 생기기도 한다. 이런 걸 보면 꼭 무언가를 성취해야만 행복한 인생이 아니라 결국은 행복한 기분을 내가 선택할 수 있다는 걸 알 수 있다. 내 세상을 스스로 만들 수 있는 것이다.

많은 생각은 놓아주고 감사한 일상을 계속 알아봐주면 좋은 일도 많아질 것이다. 봄이 오기 전 풍향이 바뀌듯 내가 행복한 마음을 자주 일으키면 어느 순간 내가 원하던 날도 맞이하게 될 것이다.

안 좋은 마음 가져봤자 나만 손해다

좋든 나쁘든 뭐가 되었든

인생을 배우고 있다는 생각으로

나한테 좋은 것만 가져가자. 그거면 된다.

좋아하는 만큼 받는 상처도 비례하다

이제는 상대방의 마음을 돌리는 데 애쓰지 않는다. 그 에너지를 나를 사랑하는 데 쓴다. 대부분 내가 어떤 노력을 하더라도 그 사람은 자신이 원하는 대로 받아들인다. 사람은 잘 변하지 않는다. 그래서 있는 그대로를 바라보는 게 가장 편안한 방법이다. 그렇다고 해서 아예 방치하라는 의미는 아니다. 오해는 풀어주는 게 좋다. 그래야 지나고 나서 상대방에게도 최선을 다한 나에게도 후회되지 않는 최고의 방법이니까.

좋아하는 사이일수록 자주 다툼이 생기는 이유는 가까운 사람일수록 편한 모습을 자주 보이기 때문이다. 그만큼 실수하기도 쉬운 환경에 놓인 것이다. 그래서 가까울수록 적당한 선을 지켜줘야 잦은 다툼을 예방할 수 있다.

문제는 다툼이 생겼을 때 대화로 잘 풀면 더 돈독해지기도 하지만 잠시 틀어진 마음으로 인해 사이가 완전히 멀어져 버리는 경우가 있다. 가까운 사람으로부터 부정당했을 때 받게 될 아픔은 사람이 감당할 수 있는 허용 범위를 넘어 새로운 만남을 거부하는 슬픈 원인이 되기도 한다.

뇌과학 연구에 따르면 우리 뇌는 가까운 사이일수록 마치 나의 일부처럼 받아들여서 통제하고 싶고 이해받고 싶어 한다. 상대방을 설득하고 싶은 내 마음을 놓아주는 게 마음에 상처가 더 깊어지지 않는다.

양방향 소통에 최선을 다해봐도 갈등이 해결될 기미가 보이지 않는다면 서로 시기가 맞지 않거나 나와는 성향이 많이 다른 사람이거니 하면서 있는 그대로 받아들인다면 마음이 훨씬 편해진다. 좋아한 만큼 온전히 감내해야 할 상처로부터 나를 지켜주기 위해 먼저 나를 사랑하는 데 시간을 쓰자.

경쟁 사회 구조 속에서 지쳤거나 만족스럽지 않은 상황으로 인해 자존감이 낮아진 상태라면 나를 살펴주는 시간을 충분히 가져야 할 때가 있다. 내 마음에 여유가 없기에 소중한 사람마저 거부감들 수 있다. 그러니 내 마음을 풍요롭게 만들어주는 시간을 가져야 모든 걸 다시 사랑할 수 있다. 이처럼 내 마음이 각박해서 상대를 서운하게 만들 수도 있다. 혹은 내가 원하는 것을 상대가 해 주지 못한 것으로 인해 서운함이 생기기도 한다. 어느 쪽이든 함께 풀어가는 과정이 쉽지 않지만 쌓인 감정을 지혜롭게 풀어주는 과정에서 좋은 인연과 오래 손 잡을 수 있다.

관계에 애쓰지 않아도

내가 좋아하는 날씨는

원한다고 해서 주어지지 않듯

관계도 억지로 잡아 둘 수 없기에

예측할 수 없는 날씨처럼

내 곁을 떠날 사람은 가고

좋은 사람은 또다시 찾아오기 마련이다

애쓰지 않아도 흘러가게 두는 게

자연스러울지도 모른다.

이유 없이 날 싫어하는 사람 대응법

이 세상에 많은 인구 중에 나와 맞지 않는 사람이 한두 명씩은 꼭 있다고 한다. 그래서 가끔은 나를 싫어하는 사람을 만나는 상황을 겪을 수도 있는데 먼저 오해가 생겨서 나를 싫어하는 경우, 그리고 정말 이유 없이 나를 싫어하는 경우가 있다.

문제는 이유 없이 나를 싫어할 경우이다. 사람이 반복해서 힘들어지면 정신 건강뿐만 아니라 신체 건강이 망가질 정도로 시달리기도 한다. 그냥 지나가는 사람이면 상관없지만, 가까운 공간 속에서 자주 마주쳐야 하는 사람이라면 앞날이 답답하고 걱정스러울 것이다. 이런 상황을 방치하기보단 정확한 의사를 표현해야 건강한 인생을 살아갈 수 있다.

처음에는 대화를 시도해 보는 것을 추천한다. 왜냐하면 오해에서 비롯되어 관계가 어긋난 경우라면 좋은 방향으로 해결할 가능성이 있기 때문이다. 먼저 나선다는 것이 손해 보는 것처럼 보일지 몰라도 사실은 현명한 선택이 될 수 있다. 내 선안에서 최선을 다했기 때문에 어떤 미련도 남지 않기 때문이다.

상대방과 어떤 부분에서 마찰이 생겼는지 알고 서로의 합의점을 찾는 시도를 해본다면 같은 일이 반복되는 상황을 예방할 수 있다. 그런데 상대방이 귀담아

주지 않고 내 자아에 손상되는 말이 계속된다면 진심으로 상대하지 않는 게 상책이다. 한 사람의 행동이 그 사람의 삶을 보여준다는 말이 있다. 반복해서 마음이 소진되는 누군가가 있다면 의미 없는 상황일 수도 있다.

만약 상대방을 고의적으로 괴롭히는 사람이라면 배려를 해줘도 본인이 생각하고 싶은 대로 받아들이는 경향이 있다. 정말 의미가 없어진다.

내가 화병이 날 것 같다면 먼저 확실한 표현을 한 번 하고 해결하는 것이 정신 건강에 좋다. 좋아하는 것의 반대말은 싫어하는 것이 아닌 무시라는 말이 있다. 정말로 무시를 한다기보다는 계속 힘들어지는 것에는 더 이상 의미를 두지 않는 것이다. 이제는 그 사람에 대한 싫은 마음에 매몰되기 보다 그 힘든 상황을 넓게 바라보는 것이다.

내 한정된 에너지를 나를 지지해 주는 사람이나 내가 좋아하는 곳에 쓰자. 내 인생이 좋은 방향으로 흘러가게 만들자. 덜 중요한 것으로 인해 나에게 정말 중요한 걸 잊지 않는지 잘 살펴보고 잘 살아가자.

아무리 힘들게 해 봐라

그럼에도 이겨낼 거고

그래도 희망을 잃지 않고

갈수록 행복해질 테니까.

정 많은 사람이 관계에 신중한 이유

정이 많은 사람은 타인에게 마음을 쉽게 열기 힘들어하는 경우가 많다. 그 이유는 한 번 내 사람이라고 생각하는 사람을 자신의 일부처럼 받아들이기 때문에 인간관계에 신중할 수밖에 없다. 이들이 소중하게 여기는 사람을 잃게 되면 자신을 잃어버리는 것과 비슷한 타격을 받기 때문에 쉽게 마음을 내어주지 못하는 것이다.

담백한 관계를 선호하는 사람에게 있어서는 '관계를 너무 진지하게 여기는 게 아닌가'라고 생각할 수도 있지만 정이 많은 사람의 인생에선 쉽게 정리 가능한 얕고 넓은 인간관계보단 내 사람이라고 생각하는 소수의 인간관계에 최선을 다한다.

정이 많은 이들은 항상 내 사람을 진심으로 지지해주고 자기 자신의 일처럼 온 마음을 다한다. 주변에 이런 소중한 인연이 있다면 당신은 복이 많은 사람이다. 그러니 놓치지 말고 소중히 대하자.

사실 과거에 나도 정이 많은 사람이었다가 지금은 모든 관계에 적당한 거리를 두게 되었다.
내가 지켜줄 수 있는 사람에게 최선을 다하되 좋아하는 사람에게도 얽매이지 않으려고 한다. 소중한 관계에도 적당한 여유를 갖게 된다.

과거에 정이 많았던 나에게 꼭 해주고 싶은 말이 있다. 일 순위는 언제나 나 자신이어야 한다. 그래야 내어준 만큼 받지 못했다는 원망이 생기지 않는다. 내가 기쁠 수 있는 배려를 하되 나를 외면하면서까지 희생을 하는 건 아닌지 한 번쯤은 되돌아보자. 상대방에게 너무 과도하게 의지하고 있는 건 아닌지. 나만의 적당한 선 안에서 나를 잘 지키고 있는지. 나중에 의지할 곳이 없어졌을 때 이 세상에 쓸쓸히 혼자 남겨졌다는 생각이 들지 않도록. 나는 온 마음을 다해줬는데 그 사람은 내가 힘들 때 날 버렸다는 원망이 생기지 않도록. 누군가가 등을 돌리는 일이 생기더라도 혼자서도 다시 일어설 수 있도록.

나에게 가장 든든한 지지자는 다름 아닌 나 자신이
라는 사실을 잊지 말자. 그래야 감당하지 못하는 일이
생겼을 때 감정에 지배되지 않고 나를 지킬 수 있게
된다. 나를 가장 사랑할 때 내 주변의 사랑하는 사람
도 가장 잘 지킬 수 있다.

정이 많으면

갑자기 변하고 예측 불가능한 관계를

감당하는 것이 유독 괴롭다

적당하기가 어려워서.

내 친구는 착한 아이 증후군

고등학교 시절 우연히 친해친 동성 친구가 있었다. 그 아이는 늘 밝은 모습을 보여주고 자주 웃고 다녔다. 친화력도 어찌나 좋은지 초면부터 나를 보고 끌어안던 장면을 잊을 수 없다. 그렇게 고민도 하나도 없을 것 같던 그 친구는 사실 착한 아이 증후군처럼 늘 힘들어했다. 누구에게나 밝게 웃는 모습을 보여줘야 했고 어떤 상황에서도 웃어야 하는 성격이었다. 심지어 사이가 안 좋은 사람에게도 잘 보여야 마음이 놓인다고 했다.

평소에는 다른 사람의 SNS를 자주 보며 본인의 삶과 비교를 하며 남의 시선을 과도하게 의식했다. 다른 사람의 부탁을 잘 거절하지 못해서 싫은 사람의 연락을 받을 때마다 스트레스를 받았다. 그럴 때마다 내게 상담을 하곤 했다.

과거의 나는 미련없는 사람의 연락은 단번에 끊는 편이였고 그래서 솔직히 왜 그렇게까지 인맥에 집착하는지 이해하지 못했다. (그래서 인맥이 없었나 보다) 반면 친구는 모두에게 잘 보여야 하고 둥글게 잘 지내야 한다는 강박 관념 같은 것이 있었다.

관계에 힘들어하는 친구에게 나의 있는 그대로의 모

습을 보여주고 그로 인해 떠나갈 사람에게는 미련을
갖지 않는 연습을 해보면 어떻겠냐고 제안했다. 너무
맞춰주느라 힘들기 보다 나에게 자유롭고 편한 인생을
살기 위해서는 적당히 나의 있는 그대로의 모습을 보
일 수 있어야 한다고 생각했다.

오랜만에 만난 그 친구는 놀랍게도 정말 본인의 있
는 모습 그대로를 받아들이게 되었다. 이 전과는 다르
게 여유 있어 보였다. 거듭 스트레스를 받던 그 친구
의 삶은 변했고 예전보다 훨씬 삶이 편안해 보였다.
그리고 멋진 엄마가 되었다. 사뭇 달라진 모습에 조금
은 낯설게 느껴지긴 했지만 그래도 나에겐 여전히 그
때의 내 친구였다.

서로의 가치를 알아보는 관계가 있다. 나의 있는 그
대로의 모습을 보여줘도 내 옆에 남을 사람은 끝까지
남게 된다. 떠날 사람은 내가 무얼 하더라도 어차피

떠나갈 것이다. 혹은 시간이 지나고 자연스럽게 만나게 되는 사람도 있다. 그러니 과도하게 모든 것에 애쓸 필요가 없다.

안 맞는 사람까지도 억지로 맞추다 보면 볼 때마다 스트레스가 쌓일 것이다. 물론 사회생활을 하면서 기본적인 예의를 지키는 관계도 분명 있다. 하지만 나의 행복을 버려가면서 남을 위해 맞추기만 하는 것은 힘든 삶이 지속될 거고 언젠가는 쌓였던 것이 터지는 날이 올 것이다. 기본적으로 나를 지켜줄 수 있게 남에게 피해나 상처를 주지 않는 한에서 적당히 솔직하게 표현하자. 어쩌면 상대방도 나를 알아갈 수 있는 기회가 될 것이다.

사람마다 기준이 달라서 어떤 모습을 불편해하는 사람도 있을 것이다. 그런데 그 다양한 기준을 가진 모든 사람을 다 맞출 수도 없는 노릇이다. 우리가 다른 문화를 가진 외국인을 만나게 되면 최대한 수용하게 되는 것처럼 본래 있는 그대로 바라봐 줄 수 있는 사람이지 않을까. 나다운 모습으로 살아가면 고유의 색상과 자존감도 지킬 수 있고 편안한 일상을 가질 수 있을 것이다.

널 한계 짓는 사람으로

인해서 절대 기죽지 마

널 있는 그대로 좋아하는

사람도 분명 많으니까.

떠나갈 인간관계에 연연하지 말자

　어떤 사람과 잘 지내고 싶은 마음에 나도 모르게 잘 보이려고 노력하게 되는 경험을 한 번쯤은 겪을 수 있다. 하지만 관계가 한쪽으로만 치우치게 되면 에너지 소모가 클 수밖에 없다. 만약 내 마음을 괴롭게 하는 관계가 있다면 계속 붙들고 있을 의미가 있을까.

　사전적으로 관계라는 의미는 서로 관련을 맺는 것이

다. 둘이서 맞춰 가는 관계에 대한 원인을 나에게만 몰아 붙여서도 안 되고 관계로 인해 생겨난 불안감으로 인해 내 가치를 깎아내리는 방향으로 바뀌는 건 더욱 위험하다.

삶이 그렇듯 관계에도 정답은 없었으며 선택만이 있었을 뿐이다.

진심이라고 생각했던 관계가 허무하게 끝나기도 했고 그저 지나가는 인연이라고 생각했던 사람이 가장 힘들 때 옆에 있어주기도 했다. 이렇듯 사람 일은 어떻게 될지 모른다.

지켜내고 싶은 관계가 있지만 그로 인해 버거움을 느끼고 있다면 어쩌면 집착으로 바뀔 수 있다. 집착은 마음을 병들게 한다. 나에게 무언가 잘 못 된 점이 있는 건지, 고쳐야 할 부분을 거듭 생각하게 되고 결국 나답지 않은 모습에 힘들어하게 된다.

　나의 있는 모습 그대로를 받아주지 못하는 사람이 있다면 그것은 이기심이 될 수 있으며 결국 진심이 결여되는 관계가 된다.

　혼자 애써야 이어지는 관계는 앞으로도 계속 지쳐갈 테고 결국 내 곁을 떠나갈 관계는 어차피 내 옆에 없을 테니까 계속해서 마음이 힘든 관계는 미련 둘 필요가 없다. 늘 내 옆에 있어 주는 소중한 사람들에게 더 집중하는 게 모든 면에서 더 좋다. 어차피 떠나갈 것 같은 인간관계에 잘잘못을 짚어내는 것 또한 부질없다. 내 마음에 부정을 채워 넣는 생각들은 그다지 남는 게 없다.

　남을 사람은 어떻게든 남고 떠날 사람은 어떻게든 떠나가게 되어 있다는 말처럼 진짜 인연이라면 가늘더라도 자연스럽게 이어지기 마련이다. 계절이 지나가듯 인연도 자연스럽게 떠나가고 찾아올 수 있으니 변화하는 인간관계를 두려워하지 말자.

세상은 넓고 그만큼 사람도 많기에 그중 나의 인연도 반드시 있기 마련이다. 인간관계에 집착하지 않더라도 머지않아 좋은 인연이 나에게로 반드시 찾아올 것이다.

네가 얼마나 소중한지

항상 느끼게 해 주는

그런 좋은 사람 만나길

매일 이쁜 웃음짓게

몸도 마음도 건강하게.

사람은 잘 변하지 않지만 관계는 변해

사람의 성향은 잘 변하지 않는다. 다만 내가 어떻게 받아들이느냐가 달라질 뿐이었다. 인간관계 고민은 들어보면 대부분 관계에 갈등이 생겼을 때 흐름은 비슷했다. 처음에는 잘 지내다가 점점 무심해지는 것에 서운해지기도 하고 나쁜 감정이 쌓여서 관계가 서먹해지기도 한다.

상대방을 처음 만났을 땐 서로에 대해 아직 잘 모르니까 있는 그대로의 모습을 알아간다. 그러다가 사이가 가까워지면서 상대방에게 바라는 부분이 생기게 되고 그러다 보면 내가 원하는 부분을 상대방이 해주지 못할 때 서운함을 느끼게 된다.

물론 상대방에 대한 태도가 너무 심하게 변해버린 경우는 거짓과 다름없지만, 대부분은 관계에 서운한 감정이 쌓이거나 다툼이 자주 일어나면서 관계가 멀어지는 경우가 많았다.

반면 상대방에게 너무 과도하게 의지를 하게 되면서 버거운 관계로 변하는 경우도 있다. 이 같은 경우는 우리 사이가 왜 멀어졌는지 이유도 모른 채 끝나기도 한다.

힘든 시기에 의지할 수 있는 사이는 좋은 관계로 이어진다. 하지만 의지가 습관이 되고 과도해지면 무의식적으로 상대방의 에너지를 고갈시킬 수 있다. 버거워진 상대방은 매몰차게 관계를 끝내지 못해서 무의적으로 서서히 멀어지기도 한다. 어쩌면 상대방에 대한 소중함이 흐려진 것인지도 모른다.

어긋난 관계라도 회복할 수 있는 경우도 있다. 다시 잘 풀게 되면서 오히려 발전하는 관계가 될 수도 있다. 다행히 서로에 대해 좋아하는 마음이 남아 있으면 되돌릴 수 있다. 각자 있는 그대로를 존중할 수 있으면 충분하다. 양보할 건 하면서 배려로써 서로 조율해나가는 것이다.

싸우다 보면 이기려는 말다툼으로 변질될 수 있지만 좀 더 침착한 태도로 상황을 넓게 바라본다면 다툼을 소통의 도구로 바꿀 수 있다.

감정이 많이 진정되었을 때 소통을 시도하는 것도 중요하다. 격앙된 감정으로 인해 마음에도 없는 말을 던질 수도 있기 때문이다. 소통의 중요한 포인트는 상대방의 잘잘못을 따지기보다 '나는 당신을 좋아합니다. 그래서 앞으로 우리가 잘 지냈으면 좋겠습니다'라는 마음을 갖고 대화를 이어나가야 잘 풀어 나갈 수 있다.

사실 좋은 방향으로 개선이 되기 위해서는 처음에는 한 사람의 노력으로 이끌어주더라도 결말은 두 사람의 노력으로 맞닿아야 관계가 다시 좋아질 수 있다.

사람은 잘 변하지 않더라도 관계는 변할 수 있다. 갑자기 사이가 안 좋아져서 멀어지기도 하고 반면 적당한 거리를 지키면 전보다 더 신뢰할 수도 있다.

사람은 감정이 있기 때문에 다툴 수 있다. 가끔 한번도 다투지 않는 관계를 보면, 감정이 일어나기도 전에 배려와 관대함으로 상대방을 대하는 경우도 있었다. 반면 다툼을 소통으로 발전할 수 있는 과정으로 바라본다면 오히려 좋은 관계로 유지할 수 있다.

당신은 사랑을 많이 받고

주변에 좋은 사람 함께할

행복한 삶을 살게 될 사람.

나와 잘 맞는 사람, 안 맞는 사람

아는 사람이 MBTI를 통해서 'T나 F형이라서 저런 것이다'라고 생각하면 편하다고 말했다. 이 말을 듣고 고개를 끄덕이긴 했지만 나 같은 경우는 조금 애매했다. 나의 MBTI는 4가지 모두 49%, 51% 식으로 아슬아슬한 비율을 가졌는데 한쪽 성향으로만 보는 게 맞는 건가 싶기도 했다.

　MBTI로 마음을 이해하는 데 있어서 도움 되기도 하지만 미리 판단을 하고 접근하기보다는 그 사람이 보여주는 모습 있는 그대로 다양한 면모를 알아가는 것도 꽤 즐거운 교류라고 생각한다. 마치 어릴 적 수수께끼를 풀어가는 것처럼 몰랐던 부분을 알아가는 것도 신기하고 즐거울 것이다.

　어떤 친구는 다른 성향을 갖고 있는 관계는 서로 없는 부분을 채워 줄 수 있어서 잘 맞다고 말했고 또 다른 친구는 비슷한 성향을 만나야 공감받고 행복할 거라고 말했다. 어찌 보면 둘 다 틀린 말은 아니다. 사람이 공통점이 있다면 공감할 수 있어서 좋고 차이점이 있다면 부족한 부분은 채워 나갈 수 있어서 좋은 것도 맞다.

　결국 나와 맞는 사이와 안 맞는 사이라는 것은 내가 상대방을 받아들이고 싶은지 아닌지와 같은 맥락이 될

수 있었다. 누군가는 달라서 별로라고 생각할 수 있고
또 누군가는 달라서 호기심 간다고도 할 수 있다.

　마음도 선택인 것이다. 심지어 잘 알고 지내던 사람
에게도 잘 맞다가 어느 날 잘 맞지 않는다는 생각이
들 때도 있다. 사람의 생각과 마음은 시시때때로 바뀌
기도 한다.

　어떤 때는 내 연인이 고민 상담을 들어주는 친구가
되어주길 바라고, 내가 힘들 때마다 늘 의지해야 하는
든든한 부모님 같은 존재가 되어주어 주길 희망하고,
회사 업무까지 알아줬으면 하는 사회적인 영향을 바라
는가 하면 나의 취미까지 같았으면 좋겠다는 생각하며
나에게 다 맞는 관계를 바라기도 한다. 이것은 과도한
욕심인지도 모른다.

　상대방이 내가 원하는 것을 가졌으면 하는 기대를

갖기보다 내가 바라는 부분은 여러 사회망 관계를 통해 두루두루 채워나가는 것도 현명한 선택이 될 수 있다. 결국 내가 좋아하는 사람이 나와 맞는 관계일 수 있겠다.

물론 첫 만남부터 느낌 있는 사람도 분명 있을 것이고 상대하기 정말 힘든 사람도 분명 있다. 그 관계를 이어갈지 말지에 대한 선택은 모두 나에게 달렸을 것이다.

내 인생에서 보기 드문 귀한 인연도 있지만 보편적으로는 다른 부분은 배울 수 있어서 좋고 같은 부분은 공감하며 함께 맞출 수 있는 관계라면 좋지 않을까.

너는 최고의 선물이야

너와 노는 게 제일 좋아

아무것도 안 해도 좋아

너랑 있으면 그냥 편해

너를 보면 정말 신기해

널 만나서 참 다행이야.

남 시선보다 내가 제일 잘 아는 내 가치

우리는 사회에서 만난 사람과 거리를 두어야 한다는 말을 자주 듣게 된다. 하지만 대부분 가정보다 사회에서 긴 시간을 할애할 수밖에 없기 때문에 함께 지내는 사람들과 대화를 주고받다 보면 가끔 실수를 하기도 한다.

'그럴 수 있지'라는 마인드를 가진 사람이면 괜찮지만 그렇지 못한 사람과 갈등이 생길 수 있다. 나의 말한마디가 상대방의 가치관에 따라 전혀 다른 방식으로 전달되고 이상하게 소문이 나서 한 사람의 명예를 훼손 시키게 되는 경우도 있다.

　대화를 나누던 당시에는 분위기에 휩쓸려 마음을 터놓고 이야기 했지만 어느 순간 진심이 나의 약점이 되어 나를 잘 모르는 사람에게 이상한 사람으로 왜곡되는 일이 생기기도 한다.
　마음이 섬세한 사람은 자신을 함부로 말하는 상황을 겪게 되면 굉장히 위험한 경우로 바뀔 수도 있다.

　실제 비슷한 사례를 겪은 적이 있었다. 선생님이라는 직업도 다 좋은 인성을 가지고 있지 않았던 일이었다. 한 아이가 어려운 가정환경에 있다는 걸 담임 선생님이 알게 되었다. 그 아이는 누구보다 행복하게 잘 살고 있는 착한 아이였다. 정작 본인은 행복한 삶을 살고 있는데 안 좋은 가정 형편이라는 편견을 가지고 아이에게 함부로 대하는 선생님을 보았다. 다른 아이들과 어울리지 못하게 격리시키거나 과학실에 아이 혼자 두기도 했다.

나 역시 아이들에게 논술을 가르치고 동화책을 통해 창의력을 표현하는 일을 했다. 물론 아이들이 환경이라는 영향도 있지만 아이들의 잠재력은 오히려 반대로 작용하는 경우도 많이 보았기에 통념에 일부분은 동의하지만 고정관념을 만들 수 있다고 본다.

배움이 부족하면 배움을 갈망하게 되어 더 열심히 하는 아이들도 보았고 너무 많은 주입에 지쳐 배움 자체를 거부하는 아이도 보았다.

어려움이 주는 지혜는 그 무엇과도 바꿀 수 없는 귀한 보석이 될 수 있다. 자신을 지킨 자존감 속에서 본인만의 가치관이 형성되기도 한다. 힘든 일도 꿋꿋하게 나아가 경험을 지혜로 바꾼 아이들도 많다.

실제로 과거에 어려움을 겪고도 잘 이겨낸 사람들을 흔히 볼 수 있다. 그러나 무리 사회의 인식은 다를 때도 있다.

하버드 전통 말하기 수업에서는 사람은 본능적으로 본인이 속한 사회 속에서 다수가 옳다고 말하는 것에 정당화시킴으로써 소속감과 안정감을 느끼려는 심리가 있다고 언급 한 바 있다. 이처럼 가치관이라는 것이 타인으로부터 정해지는 사람도 있고 자신의 경험으로부터 직접 가치관을 찾아내는 사람도 있다고 한다. 그러니 나의 가치를 판단하는 기준은 스스로가 정의를 함으로써 나만의 행복한 세상을 만들어 나갈 수 있다.

이제는 사회도 점점 성숙해지고 있기 때문에 선택의 폭이 넓어지고 있는 추세다.

지나가는 사람이 나에 대한 말을 함부로 하는 경우가 있다. 하지만 그들은 내 삶을 살아온 사람이 아니기 때문에 나를 잘 모르는 사람에 더 가깝다. 나를 잘 모르는 사람이 나를 마음대로 말하고 다니는 이치와 같다. 그냥 사회에서 만난 사람일 뿐이다.

나의 가치를 잘 아는 사람은 나와 가깝게 지낸 사람이거나 보다 나 자신이 나를 제일 잘 안다. 평판에 휘둘리지 않아도 되는 이유다.

타인과 깊은 대화를 할 때는 감정에 휩쓸리지 않고 가려가며 하는 것이 좋다. 각자 배워온 자신의 가치관에 따라 왜곡될 수 있기에 특히 사회 조직생활에서는 나만의 선을 뚜렷하게 정해놓아야 한다.

자신이 그동안 얼마나 열심히 잘 살아왔는지 나의 가치를 내가 잘 알면 마음이 소진되는 것을 어느 정도 보호할 수 있다. 너무 많은 말을 하면 약점이 될 수

있다. 믿고 마음을 터놓아도 되는 사람은 무엇보다도
소중한 나 자신이다.

오늘 하루도 잘 이겨냈구나

다른 오해로 많이 힘들었지

너의 잘못이 아닌 걸 아니까

아픔이 길지 않으면 좋겠어

어디서 무얼 하든 사랑받고

이제는 꽃길만 걷길 바랄게

너랑 행복한 게 제일 어울려.

사랑, 있을 땐 잘하되 끝이 보이면 놓기

매일 결혼하고 싶다던 오랜 연인이 나를 버렸다는 생각에 깊은 충격에 빠진 적이 있었다. 좋아하는 사람과 함께했던 당연한 순간을 한순간에 잃은 적 있었다. 마치 내 세상이 사라져 버린 것 같은 공허함을 느껴야 했다.

한동안은 힘든 감정에 휩싸여 혼자 어두운 방 안에서 헤어 나오지 못했고 그 시기에 다른 어려운 일들까지 한꺼번에 몰려오면서 결국 공황장애를 겪은 적이 있다.

오랜 시간이 지난 지금은 모든 아픈 기억을 평화롭게 받아들일 수 있게 되었다. 그렇게 절대 찾아오지 않을 것 같았던 초연함이 나에게도 찾아왔고 나를 회복하는 긴 시간 동안에 많은 것을 깨달았다.

처음엔 그를 깊게 원망했지만 사실 나는 익숙한 감정에 속아 소중함을 잃었던 것이었다.

지금은 없고 과거와 미래에 사로잡혀 온갖 걱정과 생각들에 휘둘려서 연인을 제대로 돌보지 못한 적이 있다. 그 시기에 되레 서운한 감정을 자주 쏟아냈다. 그런 부정적인 감정 속에서 일어나지 않아야 할 일들마저 끌어들인 부분도 많았다. 나중에 정신적 걱정이 사라졌을 땐 육체적인 질병도 거짓말처럼 싹 나았으니 말이다.

사실은 아무것도 하지 않아도 그 사람이랑 있는 것
자체가 행복이었던 적이 있었는데. 처음 마음을 까맣게
잊은 채 서로에게 지쳐 결국 관계에 마침표를 찍었다.
사실은 각자 힘든 시기로 인해 서로 맞지 않다는 오해
로 바뀐 것인지도 모른다. 타이밍이 어긋난 것이다.

반드시 함께 올라갈 수 있다고 다짐한 적이 있었다.
하지만 그러지 못했다. 나에게도 힘든 시기가 찾아온
것이다. 서로 시기가 맞지 않았다. 그렇게 되어야 한
것인지도 모르지만 결국 힘든 인연은 놓는 것이 맞았
다. 서툰 첫 연애였던 만큼 풋풋한 기억으로도 남길
수 있었다.

한동안은 새로운 연애의 시작이 두려웠지만 이젠 어
떤 사랑을 해야 할지 알게 되었다. 연인과 함께하는

매 순간을 소중히 여기고 어떤 상황이 오더라도 손을 놓치지 않는 사랑. 추억을 하나씩 만들어가면서 어떤 상황이 오더라도 유연하게 잘 이겨내는 사랑. 둘 중 한 명이 감정적인 시기가 찾아오면 다른 한쪽이 그 감정을 녹여 이끌어 줄 수 있는 그런 균형 있는 사랑이 오랫동안 지킬 수 있는 사랑임을 알았다. 이제는 서로 믿고 지지할 수 있는 사랑을 할 수 있음을 직감할 수 있었다.

관계라는 건 무언가를 가져갈 수도 있기에 잘 지켜 내야 유지할 수 있다. 무의식적으로도 건강한 관계를 지켜내기 위해서는 내 마음의 여백도 내가 소중하게 잘 지켜내야 한다.

삶은 사랑이다. 삶이 사랑인 만큼 또 다른 사랑의 형태인 이별도 우리의 인생에서 큰 영향을 미친다. 그

러니 사랑의 끝은 세상이 무너질 만큼 아플 수밖에 없
다. 사랑을 빠르게 치유할 수 있는 방법이 있다면 얼
마나 좋을까. 사랑한 만큼 아픔을 받아 들여야 했기에
정말 많이 아팠다.

숨어있는 감정들이 나를 망가뜨리기 시작하는 불안
정한 공기의 흐름을 잘 인지해야 한다. 은연중 단점을
떠올리는 생각들은 나를 망치고 심각하면 나 자체를
덮어버린다. 내가 감당할 수 없는 상황이라는 느낌이
들 땐 차라리 마음을 다 놓아야 한다.

다른 누군가에겐 이 세상에서 단 하나뿐인 소중한
존재로 나를 가치 있게 바라봐 준다는 사실을 잊지 말
자. 그러니 다한 인연은 놓아주자. 사랑받아도 모자란
인생 동안 소중한 삶을 위해 아픔은 흘려보내고 좋은
것들로 채워서 나의 가치를 잃지 말자.

행복은

오래도록 함께하고

고생은

순식간에 지나가길.

옆에 있을 때 표현하면 좋은 이유

표현이 가장 좋은 점은 소중한 사람에게 있을 때 잘할 수 있다는 것. 그래서 덜 후회할 수 있다는 것이다. 과거의 나는 표현을 잘 하지 못하는 편이었다. 당시에는 생각이 없나 싶을 정도로 즐거운 것만이 내 일이었던 때가 있었다. 그래서 표현하는 것에도 생각을 거치지 않았다. 하지만 표현이 중요하다는 것을 깨닫는 시기를 인생에서 크게 세 번 겪게 된다. 첫 번째는 가까운 사람으로부터 말에 상처를 받았던 때, 두 번째는 연인과의 이별, 세 번째는 사랑하는 가족이 이 세상을 떠나버린 때였다. 세 가지 공통점이 있다면 다시 되돌릴 수 없는 과거가 되어버린 지금이다.

영원할 줄 알았던 꿈같은 일상이 허무하게 사라지는 순간이 찾아온다. 그렇게 마음이 흐려지면 또다시 선명함을 찾는다.

한때는 '말로 다 표현하지 않아도 서로 알잖아'라고 여긴 적이 있었다. 물론 가능할 수 있지만 아무리 가까운 사이라도 표현하지 않으면 가끔 오해를 겪을 수 있었다. 각자 살아온 환경과 경험이 달라서 다른 방식대로 받아들이는 경우가 많았다. 오해를 풀어가는 과정에서 상대방의 입장 들어보면 '이런 생각을 가질 수 있구나'라며 놀랐던 적도 많았다.

과거의 나는 표현이 직설적인 편이었다. 내가 마음이 넉넉했던 시절엔 어떤 어투를 들어도 딱히 기분 나쁘거나 그렇진 않아서 남들도 같을 것이라고 착각했다. 하지만 좋아하는 사람에게 말로 상처받고 나서야 표현의 중요성을 알게 되었다. 내가 무너졌던 이후에는 어떤 말을 들어도 공격처럼 들리는 경험을 하고 난 후 나의 어투에 신경을 쓰게 되었다.

말 하나에 관계가 좋아지기도 틀어지기도 할 만큼 말의 힘이 크다는 것을 배우게 되었고 그렇게 표현하는 방법에 관심을 갖게 되어 화법에 관한 책을 다량 읽으며 배워나갔다.

누군가의 마음속에 평생의 상처로 남을 수도 있고 반대로 희망으로 남을 수 있는 표현들에 좀 더 신경 쓰게 되었다.

사실 내가 사랑하는 사람과 이별했을 때 제대로 표

현하지 못한 것에도 깊은 후회를 느꼈다. 그 후회를 또다시 겪고 싶지 않아서 주변 사람들에게 조금씩 좋은 표현을 하기도 했다. 이후에 가족이 세상을 떠나는 경험을 하고 그 표현의 노력이 어쩌면 조금은 덜 후회할 수 있게 해준 것 같다. 그럼에도 있을 때 잘할 걸 싶은 후회가 뒤따르는 건 어쩔 수 없었다.

나의 글 계정도 과거에 비해 방향이 많이 바뀌었다. 과거에는 마음 정리를 돕는 글 위주였다면 요즘은 가까운 사람에게 표현할 수 있도록 단순한 표현들로 많이 채워진 것도 사실이다. 이쁜 표현을 자주 해주면 서로의 온기를 공유할 수 있어 삶의 행복지수도 올라갈 수 있을 거란 마음이다.

이런 사람이 옆에 있어줘서

힘든 오늘도 버틸 수 있게 해준다

항상 내가 잘 되길 응원해 주는 사람

기분 좋은 글귀나 사진을 공유하며

언제나 내 편임을 상기시켜주는 사람

흐린 날도 틈틈이 밝은 날로 바꿔주는

그런 고마운 사람이 있어서 좋다.

유연하게 거절할 줄 아는 것도 중요하다

원하지 않는 일에 대한 거절은 나에 대한 예의이자 상대방에 대한 예의이기도 하다.

입장을 바꿔 생각하면 쉽다. 의도하진 않았지만 내가 상대방에게 원하지 않는 제안을 했다고 가정해 보자. 그 사람이 나의 부탁을 억지로 들어줬고 이 사실을 나중에 알게 된다면 내 마음도 편하지 않을 것이다.

건강한 인간관계를 유지하기 위해서는 상대방을 존중하면서도 나의 의사를 정확하게 표현할 수 있는 균형을 이루는 게 중요하다. 나 또한 거절을 해야 하는 상황이 왔을 땐 상대방의 기분이 상할까 봐 의사 표현을 머뭇거린 적이 있었다. 하지만 지금은 달라졌다.

나의 진짜 마음을 습관처럼 덮어버리고 상대방에게 맞춰주기만 한다면 인간관계가 피곤하게 느껴진다. 일찍이 사람에게 지쳐버리면 그 관계를 오래 유지하기 힘들어질 것이다.

자신의 의사를 정확하게 표현하지 못하게 되면 상대방도 거절하지 못한 부분을 당연하게 여길 수도 있는 사태가 생기고 비슷한 요구가 반복될 수도 있다. 그렇게 되면 일상에 번아웃까지 겪을 수도 있다.

만약 확실한 거절의 의사를 표현했는데 상대방이 꺼린다고 가정해 보자. 내가 원하지 않는 걸 거절했다고 나 자체를 싫어할 사람이라면 나를 있는 그대로 받아들이지 못한다는 것이고 본인이 원하는 걸 더 중요시 한다는 것이다. 서로가 존중받지 못하는 관계에 많은 에너지를 쏟을 필요가 있을까.

사실 정확한 의사 표현은 장기적으로 보았을 때 나에게도 상대방에게도 피곤하지 않은 관계를 유지할 수 있도록 도와준다.

한 번 확실하게 의사 표현을 하면 상대방 입장에서도 나를 파악할 수 있게 되어 같은 요구를 하지 않을 것이다. 배려심이 있는 사람이라면 보통은 그렇다. 그렇게 서로 맞춰나갈 수 있는 부분을 마땅히 조절해 나갈 수 있을 것이다.

나 자신도 심하게 내키지 않는 것을 반복하지 않아도 되기 때문에 자아를 지킬 수 있다. 그럼에도 거절이 너무 미안하게 느껴질 경우에는 피치 못할 사정을

말하거나 감사 인사를 덧붙여서 최대한 예의 있게 거
절한다면 기분이 크게 상하지 않을 것이다. 확실한 거
절은 오히려 건강한 인간관계를 유지할 수도 있다.

남 눈치 너무 보지 말자

언제 끝날지 모르는 한 번뿐인 인생

잠시 봄 소풍 왔다고 생각하고

지금 할 수 있는 거 하면서

우리 하고 싶은 것 자주 하고 살자.

사람을 겪으면 보이는 사람 보는 안목

우리 아빠는 사람 보는 안목이 참 없다고 생각한 적 있었다. 오직 무언가를 얻기 위한 목적으로 다가와 겉으로 잘해 주는 사람들을 좋아했다. 하지만 아빠도 그런 사람들에게 허무함을 느꼈던 적이 있다고 했는데 그때가 바로 퇴직 날이었다.

아빠는 꽤 오랫동안 동장 생활을 하다가 퇴직하셨다. 그런데 마지막 퇴직 날에 와준 사람은 아빠와 잘 지낸 사람들이 아니었다. 잘 지냈던 사람들은 극소수만 왔다는 것이었다. 그동안 가깝게 잘 지냈던 사람이 마지막 날, 얼굴 하나 비추지 않고 연락을 뚝 끊었다고 했다. 배신감이 느껴졌다고 했다. 그건 사람을 좋아한 게 아니라 자신의 이득을 위한 친분이었던 거다.

의외로 평소에 친하진 않았지만 자신의 소신과 도리를 다하는 사람들이 꽤 찾아왔다고 했다.

아빠는 본인에게는 알뜰살뜰하면서 주변 사람들을 잘 돕는 편이었다. 천원 이천 원 아껴서 모은 돈을 자랑하곤 하셨는데 평생 퍼다 줘도 고마움을 모를 사람의 요구를 계속 들어주다가 큰 돈도 많이 잃었다. 하지만 이것이 잘못되었다는 것은 절대로 아니다. 필자의 기준일 뿐이다. 인생은 정답은 없다. 자신의 선택이 있을 뿐이다. 왜냐하면 나 또한 고마움을 모르고 자신밖에 모르는 사람을 선택하고 사랑해

봤기에.

우리 집 강아지도 그렇다. 자기가 원하는 것을 얻고 싶을 할 때만 주로 애교를 부린다. 그럼에도 사랑스럽다. 그 본능이 얄미울 수도 있지만 그마저도 사랑할 수 있을지는 결국 나의 선택인 것이다. 하지만 개와 사람이 같진 않다. 알고 행동하는 것과 아무것도 모르고 행동하는 것에 차이는 있다. 다만 나의 마음을 내어준 사람이 득실만을 쫓아 나중에 다른 게 더 좋다며 어디론가 훌쩍 떠나버렸을 때 나만 바보 된 것 같은 기분이 들 수 있다. 상대방으로 인해 내 인생을 헛살았다는 생각까지 들 것 같다면 좀 더 긍정적인 방향으로 바꿔나갈 수도 있을 것이다.

무엇이든 나 먼저 챙길 수 있을 때 남도 챙길 수 있어야 나중에 원망이 생기지 않는다고 생각한다. 부디 인생에서 누군가에게 퍼주기만 했더라도 헛된 것이 아닌 보람 있는 날들로 바라봐 주면 좋겠다. 인생에 최선을 다해 행복하게 잘 살았다고 자신을 칭찬할 수 있으면 좋겠다.

혹은 다음 만날 사람은 당신을 자신처럼 아껴주는 그런 양방향적인 인연을 알아보는 안목도 가질 수 있을 것이다. 그동안 누군가에게 상처를 받아 많이 아팠다면 그 상처를 품어줄 수 있는 더 좋은 사람이 옆에 있길.

내가 가장 힘든 시기에 옆에

있어주는 사람이 오래도록

고마움으로 깊게 자리 잡는다

반면 내가 가장 아픈 시기에

믿었던 사람에게 실망하면

슬픔으로 깊은 흉터가 남는다

하지만 이런 기억들이 앞으로

내가 좋은 선택할 수 있게 돕는다.

제2부
나의 행복을 되찾는 시간, 자존감 회복

자기 사랑의 시작은 나를 존중하는 마음

내 인생을 바꿔준 첫걸음은 나를 사랑하는 것이었다. 먼저 나에 대한 깊은 이해가 필요했다. 자기 객관화를 통해 내 감정을 자세히 살펴보고 있는 그대로의 나를 안아주는 것이었다. 마치 사랑하는 사람을 바라볼 때 그 사람의 작은 결점조차 매력으로 느껴지는 것처럼 나의 부족한 점도 포용하고 사랑하는 것이다.

중요한 건 나의 능력과 나를 동일시하지 않는 마음이었다. 한때는 내 능력을 나와 동일시하는 바람에 내 능력이 부족하게 느껴지거나 가졌던 직업이 사라지면 마치 나 자신을 잃은 것처럼 나를 쓸모없는 사람으로 평가하기도 했다. 그러나 긴 성찰의 시간을 가지면서 알게 되었다. 능력은 나를 꾸며주는 하나의 액세서리일 뿐이었다. 능력은 나를 꾸며준다. 하지만 능력이 나 자체가 되어주진 못한다.

능력과 상관없이 나라는 존재 자체는 본래부터 소중하고 가치 있다는 사실을 확신하기 전까지는 많이 힘들었다. 설령 능력을 잃어버리거나 성취하지 못하더라도 내 가치는 절대 사라지지 않는다. 내 안의 가치가 잠시 가려져 있을지언정 언제나 빛나고 있다.

진정한 자기 사랑은 어려운 상황에서도 나 자신을 몰아세우지 않고 오히려 지금까지 힘겹게 버텨온 나 자신에게 감사하는 마음을 갖는 것이 아닐까. 종종 스스로를 지나치게 비판하고 자책할 때도 있었지만 이제는 그동안 겪어온 고난과 역경 속에서도 살아남아 성장해온 나에게 감사하는 마음을 갖기로 했다.

나를 사랑하는 마음은 단순히 긍정하는 것을 넘어 삶에 대한 깊은 평화를 준다. 나라는 존재가 얼마나 가치 있는지 알게 되면 외부 조건과 상관없이 내면의 평화를 가질 수 있게 된다.

행복을 넘어선 평화, 즉 싫지도 좋지도 않은 상태에서 느껴지는 가벼운 기쁨이야말로 진정한 자유가 아닐까.

외부의 조건에 구속되지 않고 있는 그대로의 나를 인정할 때 찾아오는 진짜 행복도 있다. 나를 진정으로 존중하고 사랑하기 시작하면 타인도 자연스럽게 나를

존중하고 사랑하게 될 것이다. 그렇게 나의 삶에도 긍

정적인 변화가 시작되면 틈틈이 행복한 순간들도 분명

찾아올 것이다.

당신은 원래 행복한 게 어울립니다
당신은 행복해도 되는 사람입니다.

나를 지켜주는 나만의 기준 만들기

나를 있는 그대로 사랑할 수 있게 되면 어느 정도 나를 알게 되었기 때문에 이젠 사회에서 보여주는 나만의 기준도 잘 만들 수 있다.

나의 기준이 필요한 이유는 타인에게 쉽게 휘둘리는 성향으로 인간관계가 자주 힘들거나 무례한 사람으로부터 자신을 보호하기 위해서이다. 혹은 주변 사람을 배려하느라 정작 나의 기분은 잘 살피지 않는 성향을 위한 것도 있다.

나도 한때는 '그럴 수 있지' 하며 내가 다 수용할 줄 아는 사람이라고 여긴 적이 있다. 누군가로부터 무례한 행동을 겪어도 방치 수준으로 넘겼다. '그냥 나 하나만 참으면 그만이니까' 하고 넘기면 편했다. 그런데 가끔 호의를 권리로 착각함으로써 반복적으로 함부로 대할 수 있다는 걸 겪은 적이 있었다.

새로 들어간 직장에서 팀장님이 바로 앞에 있는 수화기를 가져오라고 시켜서 처음에는 시키는 대로 했다. 지나고 보니 '본인은 아무것도 안 하고 있었으면서 왜 이걸 시키는 거지'하고 의아한 적 있었다.

그다음 비슷한 일이 반복되어서 '바로 앞에 있는 물건 정도는 본인이 직접 가져올 수 있으시지 않냐는 뉘앙스로 말한 적이 있었다. 그랬더니 팀장이 하는 말이 '그래 내가 할 수 있는 건 직접 해야겠지'라는 식으로 넘겨짚고 종결된 사건이 있었다.

사회생활을 하다 보면 이보다 훨씬 더 심한 일들도 허다했다. 정당하지 못한 것을 참지 못하는 성향과 최대한 많은 것을 수용하려는 나의 성향에 충돌이 일어났던 사건들이었다.

상대방을 이해하는 건 좋지만 내가 아무렇게나 휘둘리도록 마냥 가만히 있을 수도 없는 노릇이었다.

시간이 지나면서 이런 일들이 안 괜찮은 때도 있었기에 모든 것을 다 받아주는 사람이 아니라는 최소한의 표현을 해야 나를 지킬 수 있었다.

내가 나를 방치하면 다른 사람도 그렇게 해도 된다고 오해가 생길 때도 있다. 반대로 내가 나를 존중할 줄 알면 타인도 나를 존중하기도 했다.

어떤 일을 당해도 대충 넘겨버리거나 타인에게 다 맞춰주느라 나만의 기준 선이 없어지면 상대방의 기준에서만 나를 대하게 된다.

본인이 무한 긍정일 수 있어서 괜찮으면 정말 상관없지만 자칫 함부로 대해지는 것처럼 생각하게 되는 것이 문제가 된다.

사실은 내 기준이 명확하지 않아서 상대도 침범하는 경우도 있다. 우리는 각자의 정원이 있다. 각자 정성스럽고 이쁘게 가꿔온 자신만의 정원 같은 기준선을 확실히 보여주는 것이다.

싫은 것과 아닌 것을 확실하게 표현해 주면 상대방도 나를 알아갈 수 있어서 서로가 편해지고 갈등도 줄일 수 있다.

표현하는 것이 누군가에게 눈치가 보이고 미안할 때

가 있지만 반대로 표현하지 않는 것이 나에게 미안한 일이 될 수도 있다.

나를 지키는 기준을 통해 나를 존중하면 관계도 편안해질 수 있을 것이다.

너는 꼭 행복하게 될 사람이야

누가 뭐래도 늘 네 편이 돼줄게

네가 무얼 하든 응원하고 있어

그냥 너라서 좋고 사랑스러워

갈수록 좋은 날로 가득 채우자.

나다운 관심사를 찾기 위해 기꺼이 할 것

사실 과거에 완성된 원고에는 포기하지 않고 나아갈 수 있는 힘에 관한 내용이 많았다. 왜냐하면 당시에 나는 끊임없이 도전하는 인생을 살아왔기 때문이다.

무언가를 이루기 위해 주변 인맥, 내 마음까지 버리면서 무언가에 도전하고 마침내 이루어도 보고 결국 모든 걸 놓아버리기도 했었다. 다양한 경험을 겪어보니 주변 사람들에게는 나처럼 살아보라고 절대 말하고 싶지 않았다. 반대로 그들의 소중한 삶을 지켜주고 싶었다. 중요한 본질이 무엇인지 알게 되었기 때문이다. 하지만 이 또한 사람들의 선택이라고 말해주고 싶다.

즐길 수 있는 과정이라면 무엇이 되었건 무한정 응원하고 싶은 마음이다.

과거의 내가 어떤 마음으로 꿈을 향해 나아갔는지 이야기다. 나는 다양한 경험을 선호했기에 어릴 적부터 많은 아르바이트를 했고, 학창 시절에는 시험 공부는 안 하고 학급 게시판 꾸미기에 몰두하는 등 무언가를 억지로 하는 걸 싫어했던 성향이었다. 그런 사람이 나중에는 공무원 시험에 겨우 합격해서 들어가기도 했지만 결국 퇴직했다. 그렇게 방황하던 1년 동안 120권의 책을 읽다가 어느날 출판사에 이직했다.

당시 나의 마음가짐은 이랬다. '어떤 것도 늦은 시기

는 없다. 76세에 시작해 101세까지 그림을 그린 삶을 사랑한 미국의 국민 화가 모지스 할머니도 있다. 이제는 100세 시대인데 지금부터라도 시작해서 미래의 내가 똑같은 후회를 거듭하지 말아야지'라는 마음으로 지금의 내가 미래의 장면을 선택하는 것이었다. 처음부터 잘하는 사람은 없으니 일단 시도해 보는 것이었다.

도서관에 가서 세상에는 어떤 것들이 있는지 넓고 얕게 펼쳐보기도 하고 다른 사람들은 무엇을 향해 살아가는지 찾아보기 위해 밖에 나가서 지금껏 해보지 못한 다양한 모임도 참석해 보며 새로운 것을 내 안에 들였다. 처음에는 기꺼이 바보가 되어 가볍게 배워보자는 마음이었다. 그러다 보면 관심 있는 하나 이상을 하고 있었다. 이때 남들과 비교하기보단 온전히 나에게 집중하고 나를 알아가는 마음으로 나아갔다.

초반에는 많은 의심이 생기기도 했지만 이 모든 것

들이 훗날 나에게 후회 없는 삶을 살기 위한 노력이
될 것이고 어느샌가 행복해하고 있는 나의 모습을 발
견할 수 있을 거라는 마음을 가지고 있었다.

내 미래를 선택하고 목표를 향해 조금씩 나아가다
보면 어느샌가 내가 원하는 나의 모습에 도착할 것이
라는 믿음, 머지않아 누군가 다가와 머물러 주기 전에
나에게 의미 있고 가치 있는 것들로 가득 채워서 나다
운 인생을 완성해 보자였다.

하지만 지금은 '과정을 즐길 수 있다면 무엇이든 되
게 된다'로 요약하고 싶다.

인생은 원래 답이 없고

답은 만들어가는 거래

그러니 네가 옳은 거고

오직 네 선택만 믿으면

되는 거야. 넌 분명 잘 돼.

내가 바라던 꿈을 향해서 차근 차근하게

요즘 나를 너무 지치고 힘들게 만드는 것이 있다면 잠시 놓아줘도 괜찮다고 말해주고 싶다.

'다 먹고 살자고 하는 일인 데' 나는 지금의 행복을 까맣게 잊은 채 미래만을 기약하며 나아갔던 한 사람이 있었다. 사실 지금의 나는 이 세상에 없을 예정이었다. 너무나도 최선을 다해서 미련이 없었기 때문이었다. 하지만 이 전년도 말에 예기치 못한 사건들이 생기면서 계획된 일은 일어나지 못했다.

덕분에 알게 되었다. 한 사람 한 사람의 모든 인생은 너무나도 소중하다는 것. 어쩌면 이 삶은 우리가 원해서 온 것인지도 모른다. 그래서 무엇이든지 천천히 조금씩 나아가는 것이 오히려 더 단단하게 나아갈 수 있을 것이다.

'나 이거 꼭 이루어야 해' 이런 마음보다는 꼭 그것이 아니더라도 나를 행복하게 만들어주는 소소한 것도 챙겨가면서 하면 좋겠다. 멀리 가서 보았을 때도 '나 잘해왔구나' 싶은 마음이 들 수 있게. 그래서 꿈을 향해 나아가고 있는 당신에게 딱 3가지를 말해주고 싶다.

첫째는 나를 위해 후회 없는 인생에 나아가기. 만약 실패가 두려워서 시작을 하지 못한다면 실패도 과정일 뿐이니 두려워하지 않아도 된다. 그러니 시합은 끝날

때까지 끝난 것이 아니다. 가장 최악으로 보이는 상황이 판을 바꿔놓는 기적이 될 수도 있다.

둘째는 꿈을 이루는데 필요한 운이라는 것은 지금 준비된 자들에게 찾아온다는 것. '내 인생은 왜 이 모양이지'하며 신세한탄을 하기보단 나의 운이 언제든 들어올 수 있도록 멈추지 않고 문을 활짝 열어 놓는다면 나의 노력과 운이 맞아떨어지는 순간을 마주할 것이다.

셋째는 사람마다 각자의 속도와 시기는 천차만별이라는 것. 모두가 살아온 방법이 다르기 때문에 가지고 있는 한계치 또한 다를 수밖에 없다. 그러니 다른 사람을 보며 불안하지 않아도 된다. 속도가 달라도 내 시기에 맞게 어차피 잘 되게 될테니까.

나만의 속도가 아닌 다른 사람에게 맞춰가게 되면 슬럼프가 올 수도 있다. 세상이 말하는 시기가 나에게는 정답이 아닐 수 있다. 이 나이에는 무엇을 해야 하고 이 나이에는 무엇을 이루어 놓아야 한다는 세상의 틀을 깨고 나의 시기에 맞게 세상이 나를 따라오게 하는 것이다.

세상에 얽매여 애쓰기보다 내 시기에 맞게 흐름을 타면 앞으로 술술 나아갈 수 있을 것이다. 조급함에 쫓겨 판단이 흐려지는 것보단 하나를 하더라도 명확하게 선택하는 것이 더 좋을 것이다.

나이가 많든 적든 나만의 시기를 따라 차근차근 나아가 보자. 겨울에 피는 꽃도 존재하듯 모든 꽃이 봄에만 피지 않는다. 나는 나만의 속도와 시기에 맞춰 가다 보면 어느샌가 무르익은 열매를 보게 될 것이다.

겨울에 피는 꽃이 있다

마찬가지로

우리도 각자의 때가 있다

그저 포기만 하지 않는다면

때가 되어서 가장 그대다운

꽃을 활짝 피워낼 것이다.

내게 상처였던 일이 상대방은 잊혀진 일

'생각이 현실을 만든다'라는 말처럼 정말로 나를 위해 잘 살고 싶다면 일어난 일에 기반하지 않고 어떻게 반응하느냐가 훨씬 중요했다.

한때 나는 미워할 사람을 마음껏 미워하지도 못하게 해서 세상을 원망한 적이 있었다. 늦은 밤 택시를 타고 가던 어느 한 날, 나는 3중 충돌 교통사고를 겪는다. 한 명은 의식불명 상태라는 소식을 듣게 되고 나도 곧 병원에 입원했다. 당시 주변 사람들에게 도움을 받기는 했지만 정작 우리 아빠는 내 얼굴도 보러 오지 않았다. 아마도 심각한 사고라고 여기지 않았던 모양이다. '그래도 그렇지 딸이 교통사고를 당했는데' 그 당시 나로선 이해하지 못했다.

퇴원을 하고 집에 들어왔다. 서운한 마음에 시작한 말다툼에서 오히려 내가 상처받는 말을 듣게 된다. 내가 원해서 태어난 자식이 아니라는 식의 말이었다. 내가 잘못 들은 줄 알았다. '나를 사랑하긴 한 걸까' 싶었다. 나는 방 안에서 펑펑 울면서 온 갖 생각이 떠올랐다. 내가 가장 존경하고 사랑하는 사람과 이젠 평생 끝이라는 생각에 세상을 다 무너지는 기분을 느꼈고 그때부터 내 자존감도 무너지기 시작했다. 나는 방 안에서 목이 터져라 울고 있는데 아빠는 거실에서 TV를 보며 웃고 있는 소리를 들었다.

그 날 처음으로 죽고 싶다는 마음을 가져보았다. 하지만 '내가 그동안 내가 얼마나 열심히 살았는데 그동안 내가 나를 잘 키워낸 거야'라는 독립적인 생각과 침착한 분노가 차올랐다. '내가 더 열심히 바르게 구겨지지 않게 살아서 얼마나 잘 살아나가는지 보여주겠다'는 다짐을 했다. 하지만 나는 그때부터 무너지기 시작했다. 무너지고 또 무너졌다. 아래로 더 아래가 있을까 싶을 정도로 한없이 추락하는 내가 낯설고 무서웠다. 과거에 타인에게 정신을 잃을 정도로 괴롭힘당했던 시기보다도 사랑하는 사람으로부터 받았던 상처가 훨씬 더 힘들었고 이 사건이 내 인생에 큰 타격을 주게 되었다.

그때부터 나는 살기위해 현실을 똑바로 마주하기 시작했고 긴 시간 동안 묻어 두었던 과거의 모든 아픔까지 마주하고 나서야 다시 일어설 수 있었다.

시간이 지나고 내가 먼저 아빠에게 마음을 솔직하게 털어놓은 적 있다. 그때 알게 된 사실은 아빠는 자기가 한 말을 전혀 기억하지 못하는 것이었다. '홧김에 한 말이었을까' 나는 인생을 송두리째 바꿀 만큼 그 일로 상처받았는데 정작 상처를 준 본인은 모르고 나만 그날의 아픔을 기억하고 있었다는 사실에 비참했다.

사실은 결정적인 사건이 하나 있었다. 나랑 다투고 난 이후 아빠는 크게 아팠고 낮은 생존 확률로 서울 모 대학병원에서 열 시간이 넘도록 수술실 안에 있었다. 그 시간 동안의 그 간절함을 아직도 잊을 수가 없다. 종교가 없던 나에게 모든 신을 끌어모았고 새벽 기도까지 나갔다. '아빠를 다시는 원망하지 않을테니 다 용서할 테니 제발 살려만 달라고'

아빠를 미워하는 내 감정은 보류되었다. 사랑하는 사람을 잃을 판에 감정은 다 무의미해졌던 것이다. 하지만 감정을 덮어 둔다는 것이 얼마나 나에게 해로운 것인지 누구보다 잘 알기에. 가장 효과적인 상처 치유 방법으로는 나의 아픔에 대해 가장 잘 알고 있는 나 자신을 내가 보살펴주는 것이었다.

힘든 일이 떠오르거나 눈물이 나면 '네가 그래서 힘들었겠구나'하고 나를 쓰다듬어주고 이해해 주는 것이다. 진짜로 강해질 수 있다는 것은 감정을 덮는 것이 아닌 마음을 마주하는 것이다.

긴 시간이 흐르고 알게 된 사실은 뒤늦게 진실을 마주하기 위해 노력했던 일들이 나를 무너지게 했지만 지금은 온전히 받아들임으로써 마음의 상처를 치유할 수 있음을 잘 알게 되었다.

내가 사랑한 사람이 내가 생각하는 것만큼 좋은 사람이 아닐 수 있다. 그렇다고 아주 이상한 사람도 아니었다. 그저 살아온 방식이 다르고 나와는 다른 생각을 갖고 있는 사람일 수 있었고 스스로에게 솔직하지 못하고 외면을 선택했던 그냥 한 사람일 뿐이었다.

유별난 부분도 있지만 더 이상 깊이 생각하지 않기로 했다. 나는 그냥 아빠라는 한 사람을 책에 나오는 좋은 부모의 기준에 맞추고 싶었는지도 모른다.

파도 없는 바다는 바다가 아니듯 어쩌면 일어났다가 사라지는 거친 일들도 삶의 일부분 인지도 모른다.

늘 고맙고 태어나줘서 고마워

분명 잘 될 거니까 괜찮을 거야

잘 하고 있고 진심으로 응원해

항상 함께할 테니까 걱정 말고

우리의 소중함을 꼭 놓지 말자.

각자의 시기마다 다른 내면의 신호

살다 보면 갑자기 자아 성찰을 해야 되는 시기가 찾아올 수 있다. 사람마다 그 시기가 다른 걸 보면 각자의 때가 있는 듯하다. 하지만 이 시기가 찾아오더라도 그냥 몰라서 지나치는 사람이 있는 반면 이 시기를 알아보고 일찍이 정면으로 마주하는 사람도 있을 것이다. 사실은 내가 이 시기를 과거에 무의식적으로 외면한 적이 있었고 뒤늦게 회피한 사실을 알게 되어 후회한 적이 있었다.

자아 성찰의 시기가 찾아왔을 때 나를 제대로 마주하느냐 마주하지 않으냐에 따라 인생의 상승기도 달라질 수있을 것이다.

내면의 신호에 귀를 기울인다는 것은 꽤 진득한 노력이 필요하지만 그 꾸준한 노력들이 결국 빛을 바랄 것이다.

이십 대 초중반쯤 어느날 갑자기 지금 하고 있는 모든 것들이 무의미하게 느껴졌다. 무언가가 텅 비어 있는 기분이 나에게 찾아왔었다. 당시만 해도 나는 그게 내면의 신호라고 깨닫지 못했다. 그래서 그 공허한 기분을 나 자신과의 대화로 이어가지 못했고 외적인 것들로 공허함을 채우려고만 했다. 단순히 현실적인 직업을 얻기 위한 길만 무작정 쫓아간 것이다. 무언가 소진되고 있다는 것도 모른 채 열심히 더 열심히만 살아갔다.

열심히 몸쓰는 일도 해보고 그다음은 열심히 공부해서 안정적인 직장에 입사하기도 했다. 그렇게 영혼 없는 일상을 반복하다가 하루하루가 견디기 힘들만큼 괴로워지기 시작했다. 버티고 버티다가 헤집고 나오는 내면의 신호를 마주할 수밖에 없는 상황에 맞닥뜨리게 된다.

그동안 타인의 시선을 의식한 길을 쫓다가 길을 잃었다는 사실을 깨닫게 된다. 나답지 않는 수동적인 삶을 살아가다 보니 자아가 위축되어 갔고 없는 것보다 못한 인생이라 느끼게 된 것이다. 결국 '이러다 일 나겠다' 싶어 그동안 외면해왔던 진짜 나를 마주하기 위해 내면에 귀를 기울이기 시작했다. 그렇게 고통스럽지만 경이로운 자아성찰을 시작했다.

만약 누군가도 나처럼 반복적으로 일상이 무의미하거나 알 수 없는 고통이 느껴지는 시기가 왔다면 늦지 않게 지금 내면에 귀를 기울여 보라고 말해주고 싶다. 깊은 통찰의 시간을 갖게 되면 어쩌면 지금 알고 있는 내가 전부가 아니며 내 안에는 더 많은 잠재력이 있다는 사실을 알게 될 것이다.

가장 중요한 포인트는 지금 있는 모습 그대로의 나를 인정하는 것부터 시작하면 진정한 나 자신이라는 궤도에 진입할 수 있을 것이다.

사람마다 각자의 시기가 있다. 진짜 비교는 지난 나와 지금의 나 이렇게 자신만 있을 뿐이다. 그렇게 보면 우리는 지금까지 잘 해왔고 지금도 잘하고 있고 잘되게 되어 있다.

그동안 정말 잘 해왔고

지금도 잘 되어가고 있고

이제는 잘 될 일만 남았다고

앞으로 계속 확신해 줄게.

요즘 내 마음이 소진되었습니다만

얼마 전까지만 해도 뭐든지 해 낼 수 있을 것 같은 기분이었는데 갑자기 의욕상실을 겪는 날도 있다.

번아웃이 오면 나에 대한 의심으로 가득 차서 도망치고 싶기도 하고 사소한 행복마저도 느낄 수 없는 상태가 된다. 나에게도 그런 번아웃이 길게 혹은 짧게 찾아온 시기가 있었다.

성수동에 한 출판사에서 일하던 중, 분명 내가 하고 싶어서 시작한 일인데도 불구하고 쉬지 않고 계속 달리기만 해서 그런지 상태가 좋지 않은 시기가 있었다. 분명 처음에는 의욕이 넘쳤었는데 어느 날 갑자기 의욕이 상실되니까 일이 능률이 떨어지고 자신감마저 떨어졌다. 하지만 상태가 좋든 나쁘든 회사의 일이다 보니 더 책임감을 느낄 수밖에 없었고 동시에 잘해야 한다는 압박감이 들기도 했다.

매일 아침 가장 먼저 출근해서 창문을 여는 것이 반복되는 일상의 시작이었다. 스스로 해내가야 하는 것들이 많아서 컨디션 관리를 잘해야 하는 상황이었다. 지치는 시기가 왔을 땐 먼저 나의 육체적, 심적 에너지가 고갈된 건 아닌지 잘 살펴봐야 했다.

현실만을 쫓는 하루하루에 나를 너무 몰아세워 의욕 상실까지 도달한 건 아닌지 나만의 속도에 맞추지 않

고 타인과 경쟁하는 사회구조에 초점을 맞춘 건 아닌
지 그래서 심리적 탈진 지경까지 간 건 아닌지 한 걸
음 물러서서 내 상태를 알아봐 주고 정리하는 시간
을 가져야 했다.

집이 엉망이 되면 주기적으로 청소를 하듯 내 마음
도 많은 것으로 쌓여있다면 비워주어야 할 때가 있었
다.

가끔은 내가 좋아하는 장소에서 휴식을 가져도 보고
가까운 공원에 가서 계절 냄새나 풀냄새를 음미해 보
면서 지친 나의 상태를 되돌아보는 시간을 가지기도
했다. 사실 나에게 힘든 일상을 버티게 해준 유일한
낙이 있었는데 그건 바로 따릉이 자전거를 타고 집으
로 돌아가는 퇴근 길이었다. 성수대교를 지나 한강 길
따라 바람을 타고 가다 보면 마치 그날 힘든 생각을
강으로 훌훌 흘려보내는 것 같은 기분이었다. 운동도

되고 어두운 밤거리를 구경하는 것이 마음을 정리하는 데 큰 도움을 주었다.

그동안 내가 어떤 부분에서 많이 힘들었는지 알아주고 다독여주고 나에게 소소한 칭찬을 해주면 다시 기분이 나아지곤 했다.

주변 사람들로부터 산다는 것은 버티는 것이라는 말을 들었을 때 '왜 그런 부정적인 생각들을 하면서 살아가는 걸까'라며 의아한 적이 있었다. 하지만 나도 긴 세월 동안 다양한 사회생활을 하며 많은 사람들을 상대하다 보니 더 이상 반박의 여지가 없었다.

나를 바라보지 않고 무작정 달리면 지치는 때가 온다. 현실에 계속 치이다 보면 원하지 않은 힘든 날들을 참 많이도 버텨왔다는 사실도 알게 된다.

한 가지 확실한 건 지금 상황이 안 좋아도 희망을 잃지 않고 나아가다 보면 분명 작은 기회들이 찾아온 다는 것이다. 어떤 때는 기회를 놓치더라도 그다음을 위해 또 잘해놓으면 된다. 그래서 나도 힘든 삶 속에 서 낙담하기보단 그냥 모든 걸 함께 가기로 결정했다.

흔들리지 않는 것이 아니라 잘 흔들리는 법을 배워 나가는 것이다. 그래서 주어진 것들에 대한 감사함과 더불어 어려움 속에서 얻어지는 지혜를 하나씩 배워가 고 있다.

삶이 호락호락하지 않지만 그럼에도 하루하루 작은 성장을 해나가는 모습을 바라보며 일상을 즐기기로 했 다.

언제나 고마워요

당신은 생각보다

정말 잘하고 있어요

부정적인 생각을 유용하게 활용해 보기

우리는 많은 사람들과 함께 살아가는 세상에서 살기 때문에 남과 비교되는 일, 내가 해내고 싶은 일들이 생길 수밖에 없다. 그렇다 보니 반갑지 않은 부정적인 생각들이 찾아 오기도 한다.

남들보다 뒤처질까 봐 불안하고, 과거에 대한 후회 그리고 미래에 대한 걱정으로 인해 불안을 느끼게 된다. 나 또한 과거에는 불안을 느낀 적이 꽤 많았다. 특정한 시기마다 불안이 찾아오곤 했는데 오랜 연인과 이별했을 때, 회사 다니면서 인간관계 유지할 때, 힘들게 들어간 공직장을 퇴사하기 직전, 그리고 집에서 혼자 오랫동안 지내야 했던 때가 가장 불안을 많이 느꼈었다. 후회해 봤자 달라질 것 없고 걱정해 봤자 달라질 것이 없다는 것을 알면서도 말이다.

일상에서 깨달은 영감이나 이쁜 표현들을 공유하고 있는 나의 SNS를 통해 가끔 사람들의 생각을 헤아려보게 된다. 한 번은 긍정적인 문장이 반응이 좋았던 적이 있었는데 관심도가 집중된 만큼 '말처럼 쉽냐'는 식의 반감을 표현한 댓글도 본 적이 있었다. 사실은 이 말에 오히려 공감되었다. 나 또한 같은 마음이 들었던 적이 있었기 때문이다. 힘들어 죽겠는데 다짜고짜 긍정적인 글귀를 보면 와닿지도 않을뿐더러 그런 글귀 말대로 어떻게 행복하게 사는지 방법을 몰라서 답답한 마음에 화가 난 적도 있다. 그래서 잠시 쉬어가야 할 시기거나 새로운 장으로 바뀌기 전에 힘든 시기를 겪고 있는 사람들의 흐름을 돕기 위해 SNS에서 말하지 못한 부분들을 다행히 이 책을 통해 자세히 이야기할 수 있게 되었다.

‘부정적인 생각들을 긍정적으로 잘 이용하면 내가 발전해 나가는 데 오히려 도움받을 수 있다’라는 말이 어쩌면 뻔할 수도 있지만 부정적인 감정을 태워버리면 그 연료로 삶을 나아가는에 사용할 수 있다.

마음이 불안하다는 것은 결국 내가 무언가 부재하다고 느끼고 무언가 바라고 있다는 의미다. 그러니 내가 바라는 것을 이미 가지고 있는 상황처럼 이미지화해 보는 것도 불안을 잠재우는 좋은 방법 중 하나이다. 우리가 무언가를 바란다는 건 가능성이 있어서다.

과거의 일들은 어차피 지나갔고 지금부터 잘하면 되는 것이다. 저마다 내적인 성장 혹은 외적인 변화를 바라는 부분이 있을 것이다. 어느 쪽이든 결국 행복한 인생을 살기 위한 것임은 틀림없다.

스티브 잡스가 '인생은 점과 점들이 연결된다'라는 말을 한 적 있다. 즉 세상에는 쓸모없는 것은 없다는 의미다. 과거의 점들을 모아 잘 해왔듯 지금부터 나만의 점을 만들어 나가면 분명 잘될 수 있다.

일어나지 않는 일들에 대한 걱정이 길어지면 불필요한 에너지 소모로 이어진다. 하지만 이런 불안한 마음마저도 분명 좋은 방향으로 갈 수 있게 돕는 것이다.

과거로 배운 것들을 바탕으로 현재를 만들 수 있고 미래의 희망을 이용하여 지금을 잘 살아가면 된다. 계속 걱정되면 불안도 지나갈 과정으로써 받아주면 된다.
그다음 의도적으로 긍정적인 방향으로 이끌어 준다면
나에게 머지않아 행복한 날이 찾아올 좋은 징조가 될
것이다.

생각 걱정은 내려놓고

오직 지금에 집중하기

가진 장점을 바라보고

당신의 가치를 알아주기.

밤하늘에 별처럼 당신은 빛나고 있습니다

꼭 화려한 것만이 대단한 것이 아니다. 보이지 않는 곳에서도 잘 해내고 있는 사람, 그래서 더 빛나는 사람들이 많다는 걸 알아가는 요즘이다.

한 사람 한 사람의 사소한 부분들이 전체를 이루며 살아간다고 생각하면 무엇 하나 소중하지 않은 것이 없다. 시계 속의 부품 하나하나가 전체를 이루고 그 부품 중에 한 개라도 사라지면 기기 자체가 작동하지 못하게 된다.

모든 사람들이 마찬가지로 각자의 자리에서 아름다운 세상을 이루어 낸다. 이런 사실을 알고나니 많은 것들에 감사함을 느끼게 되었고 사소한 것들도 소중히 여기게 되었다. 일상을 조금 더 행복하게 살 수 있게 되는 것같다.

사실 내가 가장 행복을 누렸던 시절에는 학교 복도를 뛰어다니고 운동장에서 벌을 받으며 토끼뜀을 뛸 때가 그렇게 즐거웠다. 대부분 선생님들이 말도 잘 듣지 않던 아이였음에도 좋아해준 이유는 단지 인사성이 밝아서라고 말했다.

그 시절에는 그저 모든 것들이 스치기만 해도 그저 행복했다. 친구가 가장 좋았던 나의 어린 시절, 아침마다 타던 버스에서 넘어져도 곧바로 일어나 친구를 보며 활짝 웃을 수 있던 그때는 다른 건 낄 틈 없이 즐거웠던 것 같다. 친구를 만나 함께 등교하는 시간들이 하나하나 소중했다.

그러나 수술실 대기실에서 아빠를 애타게 기다렸을 땐 아빠가 차려주시던 밥상을 내팽개치고 친구를 만나러 갔던 일들이 얼마나 후회로 다가왔는지 모른다.

또한 사랑하는 사람을 다시는 볼 수 없게 된 이별도, 일상에 대한 소중함을 깨닫게 해주었다.

나이가 들고 지나고 나서야 후회되거나 알게 되는 것들이 있다. 모두가 그렇듯 일상의 모든 것들에 대한 소중함을 알아간다. 또한 감사한 마음은 늘 좋은 기운이 흘러들어오는 오늘을 살아갈 수 있게 해준다. 하지만 감사한 마음이 들 수 없을 정도로 불안하고 우울한 시절도 있다.

어른이 되어가는 과정에서 복잡한 세상을 살아가다

보니 비교당하며 좌절을 느낀 적도 많았다.

　나를 아프게 했던 긴 시간 동안 외적이고 일시적인 것들로 나라는 사람이 가치 없다고 받아들였던 적도 있었다. 그러나 나를 길게 힘들게 하는 건 더 이상 그만두기로 했다.

　한 날은 사회생활을 하며 만난 한 언니와 대화를 했는데 어쩐지 꽃피웠던 과거를 그리워하는 듯한 이야기를 했다. 그러나 머지않아서 그 마음을 잘 극복해낸 듯했다. '지금의 나는 OOO이라는 한 인간을 키워내고 있는 나 자신 OOO이다'라는 말을 했다. 희생에 대한 가치를 찾아낸 듯한 무르익은 말이었다. 아이를 키워내는 엄마의 강인한 마음이 느껴졌다. 확고한 사랑이었다.

　그동안 나도 누군가의 도움을 받았을 것이며 앞으로도 길게 또는 스치는 인연으로 닿게 될 고마운 사람들이 있을 것이다.

1등이 존재하는 이유도 여러 명이 있기 때문에 그 가치도 드러날 수 있다. 결국은 모든 것이 가치 있고 소중한 것이다. 꼭 최고에 올라가지 않더라도 사실 우린 이미 대단한 존재다. 우리는 억대 가능성을 뚫고 태어났으니 존재 자체가 기적인 셈이다. 이처럼 한 명 한 명 모두가 소중하기 때문에 당신은 행복해도 되는 사람이 맞다. 우리의 일상이 행복으로만 가득해지면 좋겠다.

행복한 일만 가득해져라

쉴 틈 없이, 빈틈도 없이

우울하지도 않게, 불안하지도 않게

하루 종일 행복할 수 있게.

내가 잘 하고 있는 게 맞나 의심될 때

내가 지금 잘 하고 있는 게 맞는지 끊임없이 나를 의심하는 시기가 찾아왔다면 길어지는 생각은 잠시 멈추는 게 좋다. 차라리 앞으로 해결하는 것에 초점을 맞춘다면 오히려 성장해 나가는데 도움이 될 것이다.

짧은 슬럼프가 찾아온 시기, 혹은 자존감이 낮아져서 길게 힘든 시기를 겪는 것처럼 누구나 살면서 어려운 시기가 찾아올 수 있다. 잠시 슬럼프가 찾아온 시기라면 나를 위한 휴식시간을 가지면서 지친 마음을 충분히 회복할 수 있다.

나 같은 경우는 근처 가까운 공원에서 산책을 하면 복잡한 생각이 정리되고 새로운 영감이 흘러들어오는 편이었다. 혹은 좋아하는 음악을 듣거나 맛있는 음식을 먹어 본다거나 귀여운 동물이 나오는 영상을 시청하는 것도 도파민을 형성해서 기분이 나아지는 데 도움을 줄 수 있다.

자존감이 낮아져서 긴 힘든 시간을 걷고 있다면 진정으로 내가 무엇을 원하는지 나에게 꾸준히 질문하며 차근차근 행동하는 것이 도움이 된다. 혼자 있는 시간을 헛되이 보내지 않는 것이 낮아진 자존감을 회복하기 위한 첫걸음이 될 수 있다. 이 시기에 술이나, 폭식처럼 임시방편적인 행동으로 대체하게 된다면 또다시 우울한 기분이 반복될 것이다.

한때는 혼자 보내는 시간이 괜히 어색해서 회피한 적이 있었지만 바뀌는 건 아무것도 없었다. 시간이 흐르고 나서야 작은 행동들을 시작했다. 물론 외적인 변화를 많이 겪었지만 다시 내면을 채우기 위해 다 내려놓기도 했다. 혼자 인도 여행을 간다든지 혼자 성찰의 시간을 길게 가진 적이 있었다. 그러다 알게 된 건 존재 가치였다.

계속 내면의 힘을 배워나가면서 자기 객관화를 시작했다. 내가 무엇을 진정으로 원하고 있는지, 어떻게 하면 좋은 방향으로 나아갈 수 있을지 해결하는 데 초점을 맞추면 어느 순간 그에 맞는 해결 방안들이 보였다.

내면의 목소리에 귀를 기울이는 시간이 동굴 안에서 마늘과 쑥만 먹는 곰처럼 어둡고 막막하게 느껴질 수 있지만 나를 믿고 인내하는 시기를 거치게 되면 진정으로 원하는 것이 무엇인지 명확해질 것이다.

가장 먼저 내가 힘든 이유를 알아주고 그다음 내 안의 내가 원하는 행동을 시작하면 된다. 꼭 거창한 것이 아니어도 내가 좋아하는 것이라면 다 괜찮다. 나중에 후회가 없을 수 있게. 천천히 나아가다 보면 어느새 나 자신과 가까워지기 시작하고 머지않아 좋은 날이 찾아올 것이다. 막히는 시기가 오히려 역량을 쌓을 수 있는 시기가 될 수 있다.

때로는 발에 걸려 넘어질 수도 있어

하지만 결국엔 너는 목표에 도달할 거야

그러니 슬픔에 손을 흔들고

희망을 옆에 두는 걸 잊지 마.

반복되는 삶에서 찾아낸 귀중한 행복

우리가 여행을 가는 이유는 일상에서 잠시 벗어나 새로운 것들을 구경하고 맛볼 수 있어서가 보통의 경우다. 하지만 멋지다고 생각했던 이상적인 일들도 매일 하다 보면 별것 없다고 생각이 들 수도 있다.

장소도 직업도 음식도 모두 마찬가지로 처음에는 대단해 보였던 것도 막상 하게 되면 같은 하루가 반복되는 건 마찬가지일 것이다.

반복된 일상이더라도 감사함을 느낄 수 있으면 좋겠지만 그렇지 못하면 또다시 행복한 감정을 누리기 위해 새로운 것을 찾아 헤맨다.

익숙함을 벗어나고 싶어하고 계속해서 새로운 것을 찾아 헤매던 사람이 바로 나였다. 공직장에서 일했을 땐 전혀 다른 전공을 말해주면 다들 놀라워했고, 출판사에서 일했을 땐 공직장에서 일했다고 하면 또 놀라워했다. 새로운 것만을 찾아 헤매다 보니 그렇게 된 것이었다.

사실 예전에는 특별한 무언가가 아니어도 그저 좋아하는 사람과 함께 있다는 것만으로도 즐거웠고 콩벌레를 바라보면서 콩이 움직인다는 것에 신기해하며 사소한 것 하나에도 웃음이 터지는 때도 있었다. 그런 그리운 순간을 찾아 여태껏 헤맨 것이다.

'살다 보니 마음이 지쳐 그런 걸까. 아니면 어른이 되어가며 하나씩 무뎌지는 걸까'하며 그때의 새로운 느낌을 되찾고 싶은 마음에 충동적으로 비행기표를 끊기도 했다. 나만 빼고 모두가 행복한 것 같은 불안감으로 인해 해보지 않은 경험들을 해보거나 새로운 기분을 느껴보려는 노력을 끝없이 시도해 보았지만 그런 건 찰나의 순간임을 깨닳았다.

좀 더 본질적인 행복을 찾기 위해 매일 명상을 하고 다양한 책을 읽기 시작했었다. 그러다 마음공부에 깊은 관심을 갖게 되어 인도에 혼자 여행을 다녀왔다. 아무리 호기심이 많던 나였지만 우리나라와 인도 문화가 너무 다르다 보니 정말 잊지 못할 경험들을 많이 했다.

내가 잡은 숙소가 나무판자로 벽이 대충 때워져 있었는데, 안과 밖이 그대로 노출이 되어있어서 마치 밖에 있는 사람들의 말소리가 숙소 안에 있는 나에게 말하는 것 같았다. 땅과 벽은 차의 움직임을 따라 계속 흔들리기도 했다.

여행 첫날부터 낯선 환경에 씻지도 못하고 한숨도 잠을 못 잤다. 너무 답 없는 상황이라 우리나라가 소중하게 느껴졌고 그냥 다시 돌아갈까 싶었지만 내 인생이 너무 힘들어서 여기까지 왔는데 모르겠거니 하면서 다 놓아버렸더니 다음 날부터는 어쩐지 일이 잘 풀리기 시작했다.

다행히 명상의 성지인 리시케시에 잘 도착해서 다양한 경험과 수련을 마치고 돌아왔다.

여행 도중에 그런 날이 있었다. 도장 깨기 마냥 목표지점에만 계속 도착하다 보니 '내가 지금 뭘 하고 있는 건가' 싶어서 멈춰야 할 것 같은 기분을 느낀 적 있었다. 그때 깨달았다. '내가 정말로 바라던 건 목표가 아니구나' 싶은 순간이.

내가 바라던 건 매 순간의 행복이었구나 하는 그런 순간이 온 적 있다.

마음의 여유가 참 중요하다는 것을 알게 되었다. 나만 뒤처진 것 같거나 너무 걱정이 들 때면 물 흐르듯 있는 그대로를 받아들인다. 지금 내가 느끼는 마음에 집중하다 보면 어느새 행복이 자연스럽게 스며들기도 했다.

새로운 것을 시도해 보며 삶의 활력을 느끼는 것도 좋지만 복잡한 생각을 내려놓고 지금 세상을 새롭게 느껴보는 것도 좋았다.

마치 아이가 이제 막 나와 세상을 바라보듯 보면 가까운 것들에게서도 생명력을 느낄 수 있지 않을까 싶었다.

물이 위에서 아래로 흐르듯 자연스럽게 몸을 낮추면 지혜가 흘러 들어오고 삶이 무뎌지는 것 같은 생각과는 멀어진다. 깊은 곳에서의 또 다른 행복을 찾을 수도 있다. 그러나 어려울 때도 많다. 사실 외적으로는 인도를 다녀오고 장염으로 병원을 오가며 온종일 고통을 느껴야 했다.

내일부터 기분 좋은 날이 시작되고

소소한 일마저 행복으로 느껴지며

갈수록 기분 좋은 하루로 가득하길.

건강 관리로 하루를 바꾸는 법

내가 정말 후회했던 시절은 다름 아닌 수험 생활 기간이었다. 그 시기에 건강 관리를 못 했다가 결국 몸 상태가 심각하게 안 좋아졌기 때문이다. 사실 건강 관리를 안 했다기보다는 방법을 몰랐던 것에 더 가깝다.

지금은 식단, 운동 등 일상의 균형을 어느 정도 유지하게 되었다. 사실 전부 살기 위해서 알게 된 것들이다.

몸 건강이 나빠지면 사람이 판단력이 흐려지고 쉽게 화를 낸다. 감정 조절이 잘 안되는 날에는 회사 일, 주변 사람마저도 피곤하게 느껴질 수 있다. 그럴 때는 건강에 적신호가 온건 아닌지 확인해 보는 것도 중요했다.

특히 큰 결정을 앞둔 상태에서는 판단력이 중요하기 때문에 미리 평소에 몸과 정신 건강을 잘 유지하는 게 좋다.

힘들 때를 대비해서 틈틈이 휴식을 취하면 오히려 더 잘 나아갈 수 있었다.

과거의 나는 사람 만나는 것을 좋아했고 다양한 아르바이트를 쉴 새 없이 하면서 많은 활동력을 가진 사람이었다. 당시에는 영양제 같은 것을 따로 챙겨 먹지 않아도 튼튼했다.

수험생활이 시작된 이후부터 몸이 망가지기 시작했다. 그 기간이 오래달리기처럼 체력 조절을 잘해야 하는 건지도 모르고 끼니를 대충 챙겨 먹는 등 몸을 전혀 돌보지 않았다. 공부에만 집중하기 위해 만나던 사람들도 다 끊고 마음 건강도 돌보지 않았다. 그렇게 무언가 누적되어 갔다.

딱히 옆에서 돌봐주는 누군가가 있는 것도 아니어서 내가 나를 더 잘 돌봐야 했는데 그러지 못했고 건강이 극도로 나빠지기 시작했다. 결국 갑상선 이상 증세와 갑작스러운 하혈로 인해 병원을 다니고 정신과도 병행했다.

모든 것을 중단해야 하는 적신호가 찾아오고 나서야 운동, 음식, 정신관리에 대한 중요성을 깨달았다. 그때부터 삶의 균형을 유지하기 위해 나를 관리하는 방법에 대해 스스로 터득해 나가기 시작했다.

운동 같은 경우는 여러 가지를 시도해 보았는데 그중에서 요가가 가장 좋았다. 몸의 유연성을 키우되 정신을 집중시킬 수 있었기에 나에게 가장 잘 맞는 운동을 찾은 것이다.

처음에는 작게 시작해서 어느덧 5년째 아침마다 마음을 정화시키는 명상을 꾸준히 이어가고 있다. 내가 즐겁게 할 수 있는 활동을 선택해야 무언가를 계속 유지할 수 있었다.

사실 운동뿐만 아니라 인생에서 하나의 선택을 할 때도 마찬가지였다. 이것저것 시도해 보고 나에게 안 맞는 선택도 해보고 실수도 자주 겪게 되면서 그만큼 나에게 아닌 것은 하나씩 지워 나갈 수 있는 장점이 될 수도 있었다.

이미 해본 것에 대한 미련이 크게 남지 않기 때문에 다음 선택에 묵묵히 나아갈 수 있었다.

인생은 장기전이기 때문에 무엇이든 차근차근하고 넓고 건강하게 나아가는 게 오히려 능력이 잘 오르는 것같다.

내가 소중하게 여기는 사람이, 가끔 맛있는 것도 먹고 쉴 땐 잘 쉬고 잠도 잘 자면서 무리하지 않게 인생의 모든 과정을 즐겁게 나아갈 수 있으면 좋겠다는 마음이 드는 것처럼 나의 건강도 잘 챙겨주자.

상황이 복잡할수록

차근차근 해나가면

잘 풀리게 될 거야

일단 잘 먹고, 잘 자고, 푹 쉬고

애쓰는 마음이 풀어지면

분명 잘 해낼 수 있을 거고

다 괜찮을 거야.

자기 계발 종점도 결국 행복하기 위한 것

나에게 지금이라는 순간이 소중했던 때가 있었다. 어릴 적 원하지 않던 괴롭힘을 당한 적이 있었는데 그 끈질긴 괴롭힘이 끝나면 세상을 정말 즐겁게 살아갈 수 있을 것 같다고 바랐다. 그런데 정말 그런 꿈같은 시간이 나에게 주어진 것이다.

더 이상 내가 원하지 아픔을 당하지 않고 그저 사람들이랑 즐겁고 행복하게 사는 평범한 시간을 갖게 된 것이다.

그래서인지 나는 오직 지금의 행복과 사랑을 추구
했었다.

어릴 적부터 누군가가 나에게 꿈이 뭐냐고 물어보면
'단연코 행복하게 사는 것'이라고 대답했다. 사람들과
어울리고 세상 이야기를 경청하면서 평범한 삶을 누
렸다.

그러던 어느 날 과거를 후회하는 날이 찾아오게
된다. '왜 그때는 무언가를 배우려고 하지 않았을까.
왜 좀 더 공부를 열심히 하지 않았는가' 이런 생각
들에 내가 뒤처진 것 같은 불안감을 느끼기 시작했
다.

마치 내가 시간을 버려서 시간이 지금 내게 벌을
주고 있는 것 같은 기분에 사로잡혔다. 그렇게 자기
계발에만 집중하는 긴 시간을 보내게 되었다.

아르바이트를 해서 모은 돈으로 여행을 가거나 다

양한 활동을 통해 배워가면서 내가 추구하는 것이 무엇인지 찾아다녔다.

약 10년이라는 기간 동안 시간에 쫓기듯 살아가면서 행복과 나란히 걷지 못하고 행복을 좇은 적이 있었다.

그러다가 내가 무언가 반대로 가고 있다는 사실을 깨닫게 된다. 내가 후회했던 날을 후회하는 아이러니한 일을 겪게 된 것이다.

이런 경험들로 인해 나에게 의미 있는 활동과 나의 행복 두 가지 모두 아우를 수 있는 것을 찾게 된다.

어떤 활동은 에너지를 빼앗기는 것 같은 느낌이 드는가 하면 어떤 활동은 오히려 에너지를 샘솟게 만들기도 한다.

몰입할 수 있는 것을 찾고 싶었다. 지금 하고 있

는 일에 온전히 집중할 수 있는 걸 하면 시간을 벌 수 있다는 말을 들었다.

하루의 절반 이상의 시간을 내게 의미 없는 것을 억지로 하는 것만큼 시간 낭비가 없었다. 공부도, 직업도, 인간관계도 마찬가지였다.

내게 의미 있고 마음이 좋아하는 일을 하고 있을 때 비로소 시간은 내 편이 되어주었다. 그럼에도 나에게 맞지 않는 경험 덕분에 나에게 맞는 경험을 찾을 수 있었다.

가장 좋은 건 오직 지금 행복에 머무르는 것. 결국 내게 의미 있는 것들이 무엇인지 알고 과정을 행복하게 나아가는 것이었다.

모두에게 공평하게 주어진 한 번뿐인 인생 동안 내

게 의미 있는 것들로 채워 나 갈 수 있는 것이야말로
생애 마지막 순간에 '이 정도면 나를 위해 행복하게
잘 살아왔구나' 하고 말할 수 있지 않을까.

걱정 때문에 복잡해지고

미리 불안해하고 아파해도

괜찮아질 거야. 왜냐면 넌

결국 잘 되게 되어있거든

항상 돕게 하고 응원할게.

얼마나 지쳤으면 다 놓고 싶은 표정일까

'도대체 얼마나 좋은 일 생기려고 이렇게까지 될 일인가' 싶을 정도로 힘든 때가 있었다.

인생에서 안 좋은 일이 한꺼번에 찾아온 적이 있었다.

몇 년을 공부해서 붙은 필기시험 면접에서 떨어지고, 오랜 남자친구와 헤어지고, 가까운 사람에게 배신감이 들었던 때가 있었다.

주위의 희망은 줄어들고 어둠과 두려움으로 가득 차
서 마치 내 안의 믿음으로부터 버림받은 느낌마저 들
었다. 긴 시련을 겪던 중 어떤 원인인지조차 모를
극도의 공황장애까지 겪게 된다.

그러던 어느 날 밤 주위가 까맣게 변하는 꿈을 꾼
적 있다. 무서운 느낌과 동시에 '내가 잘 살아갈 수
있을까' 하는 생각에 힘이 풀리려던 순간, 나는 꿈에
서 깨어났다.

사람이 너무 지치다 보면 문득 이런 생각이 든다.
'인생 참 이상하다. 내가 뭘 잘 못했다고 이런 일까지
겪는 걸까. 마치 나를 시험하는 듯한 어려움이 비현실
적으로 느껴질 정도다. 정말로 시험하는 거라면 내가
얻는 가치가 뭘까.

나는 저렇게 되지 않겠다는 타산지석일까 아니면,
내가 잘 되는 것이 최고의 복수로 만드는 발판일까.

어째서 이렇게 힘들게 살아야 하는 걸까.

신이 있다면 왜 이런 걸 가능하게 한 건지는 모르겠지만 그래 이건 어쩌면 내가 해결해 나가야 할 인생의 숙제인지도 모른다.

넘어져도 그저, 툴툴 털고 일어나야 할 때가 있다. 온갖 고생 다 하고 비바람 다 지나가면 곧 꽃 필 일만 남았는데 지금 포기하면 억울하다. 나를 믿고, 조금 더 견뎌 내 볼 것이다.

단기적 일로, 인생 전체가 휘둘리게 두지 않을 것이다. 내 마음대로 되지 않는 세상에 속절없이 휘둘리는 것이 아니라 나의 결단력으로 얼마든지 변화시키고 확장해 나갈 수 있을 것이다.

그러니까 잠시 넘어져도 괜찮다. 후회해도 괜찮다. 금 간 골동품이 되어도 괜찮다. 사연 깃든 멋진 사람이라는 뜻이니까.

지금까지 잘 견뎌낸 것도 아무나 쉽게 할 수 없는 일이니까. 내 마음을 감옥으로 만들 수도 있지만 틀림없이 열쇠를 줄 수도 있다. 모든 건 나의 선택에 달려 있다.

나를 위해 살아야 한다. 꾸준히 나를 알아가고 존중해나가면서 시작해 보는 것이다.'

잊지 말아야 할 사실은 좋지 못한 삶이 영원히 지속되는 것은 아니라는 것이다. 인생에서 넘어지고 일어설 때 열매가 열릴 수도 있다.

자신만의 희망을 품고 나아가다 보면 분명 내가 바라던 날이 올 거라 믿는다. 나의 모든 날이 좋아질 수 있을 때쯤 지금을 그리워할 수 있는 날이 오면 좋겠다.

다 포기하고 싶었을 때

주변이 온통 태풍으로 휘몰아칠 때

내가 서 있는 이곳

피할 곳조차 없는 이곳이 너무 위태로웠다

한 발자국만 더 움직여도 휩쓸릴 것 같았다

방법은 하나뿐

내가 서있는 이곳이 중심이 되어

태풍의 눈을 만드는 것

언젠가 끝날 상황이 올 때까지

침착하게 바라보며 묵묵히 나아간다

어느샌가 힘든 건 보낼 수 있게 되고

괜찮은 날을 맞이하게 될 것이다.

당신은 반드시 잘됩니다

주변에서 나와 비슷한 힘든 경험을 겪고 있는 사람
들을 보면 어떻게든 도와주고 싶은 마음이 든다. 가까
운 사람일수록 더 그런 마음이 들 수밖에 없다.

하지만 만약 내가 돕고 싶은 사람이 어려운 일을
이겨내야 하는 상황이라면 그 과정을 지나 보내야만
그 사람이 무언가를 얻어낼 수 있는 거라면 내가 함
부로 도와주었다가는 오히려 훼방하는 꼴이 되어버

린다.

그래서 나는 그저 옆에서 작은 위로를 해줄 수밖에 없었다. 무엇을 하더라도 당신의 일상만큼은 꼭 지켜가면서 했으면 하는 마음을 전해줄 뿐이었다.

좋아하는 사람이 요즘 들어 회사 생활에 지쳐서 그런지 많이 힘들어하는 모습을 보았다. 그런 어려운 상황에 대한 대안으로써 긍정 확언이나 오디오북을 들으면서 새로운 것에 도전하는 모습을 보니 꼭 과거의 나를 보는 것 같았다.

늘 옆에서 지켜보면서 표현해 줄 때를 기다리고 있었다. 힘든 상황에서 어떻게 해서든 헤어 나오고 싶은 마음을 누구보다도 잘 알기 때문이다.

나 또한 인생이 너무 힘들어서 매일 밤마다 혼자서 울었던 적이 있었다. 안에 무언가가 가득 차서 그냥 툭 치면 눈물이 줄줄 흘러나왔던 때가 있었다. 그때는 내가 혼자였기 때문에 나를 돌볼 사람이 나밖에 없었다. '애 이러다가 진짜 큰일 나겠다' 싶은 상황이 오고 나서 다양한 대안을 마련했던 것이고 그런 시간들이 쌓이다 보니 다양한 일을 겪게 되었다.

내가 좋아하는 사람만큼은 나처럼 너무 어려운 상황까지 가지 않았으면 좋겠다는 마음이다. 견뎌내는 상황이 얼마나 힘든 마음인지 잘 알기 때문이다. 그래서 소중한 사람이 깊이 힘들어하는 부분은 알아주고 지금 하고 있는 것들을 응원해 주기로 했다.

원래 밝은 모습이 어울리는 그 사람에게 늘 내가 옆에 있다는 걸 알려주기로 했다. 혼자인 것 같을 때조차 절대 혼자가 아니라는 사실도. 사실 당신이 그토록 바라는 그 모든 것들이 결국은 행복하기 위해서 시작되었다는 사실도.

내가 전부 다 대신해 줄 수는 없지만 어려운 시기가 지나가면 당신은 분명 가장 나다운 모습을 되찾을 수 있다는 것도 알고 있다. 그러니까 그동안 잘 해왔던 것처럼 잘 하고 있고 분명 다 잘 될 것이다. 당신이니까.

우린 알고 있어

넌 분명 잘 돼

거의 다 왔어.

우리가 알고 있는 행복이라는 것

그간 많은 사람들과 대화를 통해서 느낀 점은 행복이라는 의미 자체가 포괄적이라서 각자 행복의 기준에 따라 다를 수 있다는 것이었다.

누군가는 바라던 순간을 맞이하는 것이 행복이라고 여길 수도 있고 또 누군가는 지금의 일상을 누리는 것이 행복이라고 여길 수도 있다.

내가 생각하는 행복은 크게 두 가지가 있었다. 첫

번째는 이미 가진 것을 소중히 여기는 마음 그리고 두 번째는 뜻밖의 즐거움 누리는 것이다.

이미 가진 것을 소중히 여기는 마음은 크게 아팠을 때를 떠오르는 사람, 장소와 비슷했다.
어느 날 길을 가다가 내가 사고로 크게 다치거나, 가장 소중한 사람이 갑자기 하늘나라로 떠나가거나 하는 정막 같은 시기를 겪은 적이 있었다.

크게 다쳐서 뇌 MRI 촬영을 할 당시 극도로 괴로웠는데도 불구하고 그때 떠올랐던 장면은 다름 아닌 내가 사랑하는 가족과 집 근처 공원에서 함께 산책을 하는 이미지였다. 그땐 일상이 너무나도 그리웠고 당연히 누리고 있던 것들에 대한 감사함이 크게 와닿던 순간이었다.

그 당시 나는 마음속에서 일상에 대한 소중함을 절대 잊지 않아야겠다고 다짐했다. 그날 이후로 일상에서 새로운 변화가 일어나기도 했다. 그래서 나에게 행복이란 내가 이미 가진 것에 대한 감사한 마음을 소중히 지키는 것이었다.

두 번째 뜻밖의 즐거움은 어린아이나 강아지처럼 가볍게 살아가는 것과 비슷했다. 이젠 새로운 대상이 아니면 호기심을 갖기가 힘들어지는 어른이 되었다. 하지만 호기심이 가득한 눈으로 세상을 바라볼 수 있는 시선을 우리는 가져본 적 있다.

온전히 현재를 느낀다는 것과 비슷했다. 매 순간을 열린 마음으로 세상을 보고 느끼면서 의식적으로 새로움을 음미해 보는 것이다. 어릴 적 마음을 떠올리면 좀 더 쉬웠다.

어릴 적엔, 밥을 먹을 때 쌀 한 톨을 혀끝으로 느껴 보면서 '내가 먹고 있는 이 쌀이 햇볕을 받아들이고 물을 흡수하며 영양분이 만들어지기까지 얼마나 많은 시간과 노력이 들어갔을까' 하는 상상을 해본 적 있다.

쌀 한 톨들이 탄생하기까지의 소중함을 입안에서 맛있게 먹을 수 있다는 고마움을 느끼며 그 순간에 집중한 적 있다.

그 외에도 다양한 방법으로도 사소한 일상의 것들에도 좋은 기분을 느낄 수 있다. 소풍 가기 전날 잔뜩 들떴던 어릴 적 마음처럼 머리와 가슴을 열어 세상 모든 것을 내 안에 담아 가다 보면 더 많은 행복들이 찾아올 것만 같다.

과도한 기대감을 내려놓고 뜻밖의 즐거움을 의미하는 세렌디피티에 가까운 우연적인 기쁨을 누린다면 모

든 일상이 나에게 생각지도 못한 선물로 다가오게 되
는 행복을 누릴 수 있지 않을까.

두 가지 공통점으로 행복이라는 것은 일상에 대한
감사한 마음으로부터 시작된다는 것이었다. 나에 대한
행복이 채워지고 더 나아가 다른 사람에게도 나누어
줄 수 있다면 내가 누릴 수 있는 행복도 배가 될 것이
다.

눌러온 아픔이 날아가고

넘치는 행복이 다가오는

날들이 시작되기를.

여유가 주는 의외의 선물 두 가지

여유를 일상 속에서 가까이 두게 되면 삶의 가치를 두 배 이상 높여준다는 사실을 알게 되었다.

운전을 하다 보면 뒷사람의 빵빵거리는 경적으로 인해 나까지 덩달아 조급한 마음이 들기도 한다. 급한 상황일 수도 있고 급한 성격일 수도 있고 속 사정은 알 수 없다.

가끔은 같은 행동을 하고 있는 나를 인지하기도 한

다. 멈춰있는 상황을 답답해하며 나도 모르게 재촉하는 나의 모습을 발견한다. '아차' 싶었다. 그런데 신기한 점을 알았다.

내가 재촉하는 마음을 이해했기 때문에 재촉을 당할 때 두 배로 압박감을 느끼게 된다는 사실이었다.

반대로 이번엔 여유를 가져보았다. 진짜 급할 때를 제외하고 지금 내가 빨리 가봤자 크게 다를 게 없다는 마음을 가져보았다. 그리고 기다리는 시간이 길어질 때면 좋아하는 오디오를 틀며 최대한 여유로운 마음을 가져보았다.

놀랍게도 내가 여유를 갖게 되면 양보하는 너그러운 마음을 가질 수 있었고 재촉을 당할 때도 크게 휩쓸리지 않아서 나만의 마인드를 유지할 수 있었다.

이런 일들을 겪어보니 여유로운 마음을 가지면 확실히 삶의 가치가 높아지는 기분을 느낄 수 있었다. 때로는 다른 사람에게도 여유를 나눌 수 있는 긍정적인 세상도 누릴 수 있을 것 같았다.

가끔은 평범한 일상에서 여유를 가져볼 때도 좋은 느낌을 누릴 수 있었다.

유난히 힘든 하루가 있는가 하면 이유 없이 행복이 밀려오는 날이 있다. 무언가 대단한 것을 하지 않더라고 평소와는 조금은 다른 하루. '계절이 바뀌어서 그런 걸까.' 같은 거리를 걸어도 새롭게 느껴지는 날이 있다. '어쩌면 행복은 정말 소소한 것이 아닐까.'

마음을 비워준 자리에 행복이 찾아오기도 한다. 시원한 바람, 계절 냄새를 맡으며 여유로운 산책길을 걷고 밤 하늘의 구름 속에 가려진 밝은 빛 새어 나온 달을 바라보고 물결 파동에 따라 유유히 흐르는 강물의 삶을 바라본다. 그리고 내 곁에서 웃고 있는 사랑스러운 당신을 눈에 담을 수 있을 때가 가장 가깝고도 가장 큰 행복이지 않을까.

마음의 여유가 주는 선물도 무궁무진하게 많을 것이다.

당신에게 좋은 소식이 온다

이쁜 말이 더 자주 들려온다

좋은 사람이 항상 같이 있다

행복한 날들이 당연하게 온다.

절망을 순간으로 변환하는 연금술적 글쓰기

김지연

절망에 길이가 있다. 유안의 글이 그렇게 속삭인다. 인생에서 절망은 피해 갈 수 없지만, 그 또한 유한하다. 작가의 글을 읽으면 이 절망이 순간으로 단축됨을 체감한다. 이때 순간은 금과 같이 번쩍하는 황홀한 순간이다. 왜냐하면 절망이 가진 모든 힘이 방출되는 인간이 갈애하는 시간성을 담고 있기 때문이다. 작가는 인간이 '행복한 기분을 선택할 수 있으며 스스로 세상을 만들 수 있음'을 환기한다.

따라서 어떤 생각을 하며 일상을 살아가느냐가 관건이다. 우리가 좀처럼 행복을 느끼지 못하고 불행과 인접한 것도 행복해지는 연습과 습관이 결여되어 있기 때문이다. 이처럼 인간이 불행에 익숙해져 있음을 간접적으로 밝히고 있다. 차가워진 내면을 온기를 부여하는 유안의 글은 인간의 마음속에서 소모되는 감정의 결을 살갑게 어루만진다.

사람은 어울리며 살아간다. 그러나 그 속에서 얼마나 마음 편할 수 있으며 행복을 향유할 수 있는가. 타인과의 관계에서도, 타인을 나의 통제 아래 두는 것보다 그 사람의 있는 그대로의 모습을 수용하는 것이 지혜임을 일깨워준다. 이처럼 작가는 불화를 피하고 충돌하는 감정을 슬기롭게 피하는 방법을 제시함으로써 인연을 놓치지 않는 방법을 제안한다. 타인과의 유연한 관계는 결국 행복과 안녕으로 이르는 방향으로 작용한다.

작가의 글은 '애쓰지 않고 자연스럽게 흘러가도록 두는' 안정된 삶의 자세를 통해 인간이 무용한 에너지의 소모를 줄이도록 유도한다. 우리의 삶에 가장 필요한 따뜻한 조언임이 틀림없다.

누구나 직면하는 인간관계의 트러블 앞에서도 희망을 잃지 않고 좋은 방향으로 인생의 물꼬를 트는 작가의 글은 현대인들의 메마른 삶에 촉촉한 감수성을 더하는 위로가 될 것이다.

사람을 사랑하기 전에 먼저 내 자신을 돌보는 것, 그것이 모든 관계의 결핍을 방어하는 기제로 작용한다. 작가는 나보다도 타인을 더 우선시하는 순간 서운할 수 있고 원망이 생길 수 있음을 알려준다. 누군가에게 버림받았다는 비참함과 그 서늘함은 인간으로 하여금 큰 절망에 빠지게 한다. 작가는 자기 자신을 1순위로 배치시켜 어떤 때라도 스스로를 지켜낼 것을 강조한다.

인간관계란 아름답지만 때로는 갑작스럽게 변하고 예

측이 불가능하기에 삶을 견뎌낼 수 있는 본질적인 마인드 세팅을 제안한 것이다.

일상에 평온한 여유를 제안하는 유안의 글은 삭막한 현대인의 감성에 촉촉한 수분을 더하는 쉼표가 되어줄 것이다.

겪어야 했던 모든 일이 감사한 날로 돌아올 거야

초판 1쇄 발행 | 2026년 5월 21일

지은이 ｜ 유안
펴낸이 ｜ 김지연
펴낸곳 ｜ 마음세상

출판등록 제406-2011-000024호 (2011년 3월 7일)

ISBN 979-11-5636-658-4(03810)

원고투고 maumsesang2@nate.com
블로그 http://blog.naver.com/maumsesang

값 15,000원